# A AGÊNCIA DE DETETIVES MORTAIS

## Os Mistérios de Abigail Summers Libro 1

ANN PARKER

D1715321

Traduzido por
JULIANA CHIAVAGATTI GRADE

*Com amor e gratidão a Terry, Emma, Louise e todos os meus netos.*

*E um agradecimento especial a Helen Bennett e a todos os meus amigos na rede XYL.*

*Por fim, um grande obrigada à Next Chapter Publishing e sua equipe fantástica.*

Becklesfield é uma pitoresca cidade mercantil situada ao pé das colinas de Chiltern, no sul da Inglaterra. A igreja data do século XVI. Os dias de mercado são terça-feira e sábado. A High Street conta com uma boa variedade de pequenas lojas, uma biblioteca tombada como patrimônio de Grau 2 e dois pubs. No último censo, a população da paróquia foi registrada em 3.256. Em algum momento nos últimos dois dias, esse número caiu para 3.255.

# Capítulo Um

Abigail Summers se sentiu estranhamente revigorada quando acordou. Ela sentia como se estivesse dormindo há dias, mas ainda disse a si mesma: "mais dois minutos" e se aconchegou novamente. Ah, não havia nada como ficar deitada ou ter um dia de descanso no... Domingo? Segunda-feira? Ela não tinha certeza, e que horas eram? Abigail olhou para o relógio – pouco antes das oito. Mas era de manhã ou de noite? Manhã com certeza. Ela exagerou no vinho branco de novo ontem à noite? Ela se lembrava de uma dor de cabeça ao pensar nisso. Ela disparou para fora da cama quando alguém abriu lentamente a porta. Ela estava prestes a pegar a luminária para atingi-lo na cabeça quando reconheceu a pessoa.

— Monica? O que está fazendo aqui?

— Olhe a bagunça que está aqui. Eu digo para jogarmos tudo fora. Especialmente toda a roupa de cama.

— E a cama. Eu não conseguiria dormir assim agora, — disse uma voz que ela conhecia bem.

O coração de Abigail quase parou, e ela começou a se

perguntar se teria parado. Ela sempre se orgulhou de seus poderes de percepção, mas, em sua defesa, ela não tinha estado doente e nem mesmo tinha consultado um médico nos últimos doze anos. Talvez ela devesse, pensando nisso.

O sobrinho dela, Aaron, e sua esposa horrível, Monica, estavam remexendo nas coisas dela, com toda a cara de pau.

— Lixo. Lixo. Caridade. Não, lixo. Lixo.

— Mas que merda você está fazendo? — gritou Abigail. — Monica, estou falando sério, se você não parar... — Mas Monica não parou. Monica, ela percebeu, não podia vê-la. Abigail foi até o espelho, mas também não conseguia se ver claramente, até que uma névoa se dissipou.

*Estou sonhando, totalmente louca ou morta.* Ela se sentou na cama para pensar em qual deles. Certamente, se ela tivesse morrido, seu corpo estaria lá, como o fantasma no filme. De qualquer forma, ela não pode estar morta. Ela tinha apenas trinta e poucos anos e tinha muito o que fazer no trabalho, e ainda não havia se casado, nem mesmo ficado noiva. Aaron, que embora fosse o único beneficiário em seu testamento, não mantinha contato há mais de um ano. Agora, aqui estava sua esposa gananciosa vasculhando as coisas dela. Então, ela pensou que não estava sonhando ou delirando. Mas talvez morta. Ela não estava doente, estava? Não, ela nunca ficou doente. Embora ela tenha se lembrado de uma dor de cabeça e tontura em algum momento. Ela descobriria o que havia acontecido nem que fosse a última coisa que fizesse. Meu Deus, qual foi a última coisa que ela fez?

Aaron deu uma olhada na penteadeira.

— Alguma joia que valha alguma coisa?

— Não, não muito. A maior parte é de acessórios baratos, apenas bijuterias. Sem anel de noivado, é claro, — disse ela e riu.

— Se você se importa, esse é o meu acessório barato. — Abigail se lançou em direção a ela, mas sua mão a atravessou. — Ou você está morta ou eu. — Quando fez o mesmo com sua caixa de lembranças quando foi arrancá-la de Aaron, ela começou a pensar que devia ser ela. Ah, que pena, pensou ela. — Sou muito nova. E quanto a todos os meus programas de TV que já estão na metade? Não acredito que isso esteja acontecendo. Será que foi a pizza que esquentei? Ela já estava por aí há alguns dias. Então, o que alguém realmente faz quando está morto? — Ela se olhou de novo no espelho. Ela parecia bem, um pouco corada. Não foi esfaqueada nem nada de terrível como isso. Ah, e seu cabelo parecia bem. Ela se virou para o lado. Um pouco de cabelo bagunçado na parte de trás, mas nada muito ruim, e o fato de seu cabelo loiro na altura dos ombros ser cacheado escondia isso muito bem. — Pelo menos eu o pintei na semana passada. Droga, eu tinha aquele pijama de seda creme novinho em folha que estava guardando para a melhor ocasião. Por que eu não poderia estar usando-o? Meu Deus, cala a boca, Abigail. Sou tão vaidosa, mesmo quando estou morta!

Ela não estava assustada, arrependida ou com medo. Um pouco animada, tranquila e com uma espécie de entusiasmo. Primeiro, ela tentou atravessar uma parede – conseguiu sem problemas. Ela conseguiu subir as escadas sem incidentes. Até aí tudo bem. O que eles fizeram com a cozinha? Uma grande pilha de comida estava na mesa e um pouco na lixeira. Ela só tinha comprado aquele bolo de cenoura na semana passada. A sala de estar também estava revirada. Não diga que ela ficaria presa aqui por uma eternidade com esses dois. Ela aceitaria o Inferno. Mas ela poderia sair de casa? Abigail fechou os olhos e passou pela porta da frente. Ela se sentiu triste e feliz ao mesmo tempo.

Ela parou e olhou para sua casa de infância. Era uma construção antiga tombada que agora estava pintada de branco, mas as janelas de treliça nas molduras de madeira originais permaneciam como eram há mais de cem anos. Ela só esperava que Aaron não tivesse planos de arrancá-las e colocar outras de plástico. Até mesmo a porta da frente era a mesma de quando foi construída, embora o enorme buraco da fechadura fosse agora redundante em favor de uma fechadura Yale. Ela se lembrou do dia em que tinha cerca de seis anos, que seu pai havia pregado uma ferradura no topo dela. "Tem que apontar para cima, Abi, então a sorte permanece." Até hoje, ela sempre achou que tinha. Com um grande suspiro, ela se afastou.

Abigail de repente se lembrou de que estava de pijama vermelho. Mas depois que um carrinho de bebê foi empurrado por ela e um carro passou, ela percebeu que era de fato um fantasma do tipo bem morto e que ninguém mais podia vê-la. Ela era a única? O que ela deveria fazer agora? Abigail havia morado em Becklesfield durante toda a sua vida e achava que deveria ter viajado mais quando teve a chance. A ideia daqueles dois estarem lá era demais para suportar. Ela estaria se revirando no túmulo – se tivesse um. Ah, talvez ela tivesse um. Talvez seja o primeiro lugar que ela deveria ir.

Ela caminhou até a antiga igreja em que havia sido batizada e onde sua família estava enterrada. Ficava ao lado da praça do vilarejo, que estava cheia de pais levando seus filhos para a pequena escola primária que ela havia frequentado. Ninguém parecia vê-la, embora ela pudesse jurar que algumas das crianças menores olharam para ela e sorriram. Ela caminhou ao redor do lago até a parede de pedra que cercava a igreja. Era muito cedo para o reverendo Stevens estar lá, mas havia um homem de meia-idade olhando para uma das sepulturas. Abigail foi até onde sua mãe, pai e irmão haviam sido enterrados. Nenhuma sepultura aberta ou sinal dela. Ao menos isso era um alívio. Talvez ela estivesse sonhando ou tendo uma experiência fora do corpo, ou melhor, fora de casa. Ela deveria estar procurando uma luz ou um túnel? Ou talvez a mãe e o pai dela? Primeiro ela entraria na igreja antes de realmente entrar em pânico. O relógio da igreja soou nove horas enquanto ela seguia o caminho para a porta de madeira em arco e ficava na varanda.

— Ainda bem que não dormi nua, — disse Abigail em voz alta.

— Você não seria a primeira, — disse o homem que estivera no cemitério, e curiosamente, também vestindo pijamas listrados. O cavalheiro bonito e rude notou a mulher bastante atraente vagando para cima e para baixo do lado de fora da igreja e sentiu que tinha que ajudá-la.

— Você pode me ver? — perguntou uma Abigail muito aliviada. — Nossa, eu também posso te ver. Você também é um fantasma, ou nós dois estamos loucos?

— Bem, eu posso ser um pouco dos dois, — ele riu. — Meu nome é Terry. Você é uma recém-falecida? Ou devo dizer uma recém-chegada?

— Não tenho certeza. A primeira coisa que eu sabia sobre isso, foi a esposa do meu sobrinho limpando minhas coisas. E ser muito rude com minhas coisas. Sou Abigail Summers.

— Pode demorar um pouco para o espírito deixar o corpo. E não se preocupe se não se lembrar de como morreu. Isso é perfeitamente normal. É um pouco como um ferimento na cabeça quando os pacientes nunca conseguem se lembrar do que aconteceu quando acordam. Por algum tempo, pelo menos.

— Eu estava esperando ir para o Céu, para ser honesta.

— Na minha experiência, nos últimos cinquenta anos estranhos de estar morto, é que a morte súbita por uma doença ou acidente é a segunda maior causa de estar preso aqui.

— Qual é a primeira?

— Assassinato, — disse ele.

— Gosto tanto de uma história de mistério quanto qualquer outra pessoa, mas realmente não acho que fui assassinada. Lamento dizer que não sou tão importante. Embora meu sobrinho, Aaron, pareça ter herdado minha casa rapidamente!

Terry suspirou:

— Eu vi pessoas vagando por essas ruas por uma nota de dez libras, então eu manteria a mente aberta se fosse você.

— Eu vou, com certeza. Não quero que ele se safe de assassinato. Era a casa da minha família. Tenho todas as minhas memórias dentro daquelas paredes e naquele jardim. Vai partir meu coração e dos meus pais se ele se mudar para lá. Mas ele é a única família que tenho agora. O pai dele, meu irmão, morreu há alguns anos. Além da roupa de dormir, como você sabia que eu estava morta? — perguntou Abigail.

— Olhe para mim. Consegue ver uma ligeira aura ao meu redor?

— Sim, eu posso. Eu já tinha notado isso. Há muitos de nós por perto?

— Não tantos quanto você imagina. A maioria das pessoas vai direto para onde deveria estar. Ou algumas pessoas como eu têm a chance de sair e não aproveitam. Se quiser, posso apresentá-la aos meus amigos. Vou te mostrar onde todos nós ficamos. Pode surpreender você.

Eles passaram pela loja da aldeia e entraram na rua principal. A vida tinha continuado sem ela, Abigail pensou tristemente. Era assim que seria de agora em diante; ela era simplesmente uma espectadora? Observar o mundo, mas não poder fazer parte dele. A Sra. Merry estava colocando suas flores do lado de fora da loja, enquanto os Correios abriam a porta e o Sr. Banning, da loja de antiguidades, conversava e ria com Cassie Briggs. Certamente Cassie deveria estar de luto – obviamente não. Terry gesticulou para que ela entrasse em um prédio em que Abigail não entrava há anos. — A Biblioteca Pública de Becklesfield? Isso dificilmente é gótico ou fantasmagórico, — disse ela.

— Onde mais há jornais, computadores, uma televisão para olhar e um grupo de visitantes em constante mudança? Podemos acompanhar todos os eventos atuais. Não esquecendo que temos o lugar só para nós depois do expediente. Todos os meus amigos vêm aqui. Vamos, vou te apresentar, — disse Terry.

O prédio era um dos mais antigos da aldeia e estava espalhado por dois andares. A biblioteca em si era de plano aberto e a referência e as salas de armazenamento ficavam no andar de cima. Ainda não havia aberto suas portas ao público, mas na parte de trás da grande sala, um grupo de pessoas estava sentado em algumas cadeiras confortáveis.

— Pessoal, esta é a nossa última chegada, Abigail.

Ela conheceu Betty, que era uma senhora alegre de oitenta e dois anos, vestida com calças bege e um suéter listrado.

— Bem-vinda, minha querida. Imagino que você esteja um pouco confusa, mas está entre amigos. Venha e sente-se ao meu lado.

Jim, um construtor recentemente falecido, era um jovem musculoso com uma jaqueta jeans e calça jeans cáqui com bolsos nas duas pernas. Ela então conheceu Suzie, uma menina negra bonita em um vestido florido. E, por último, a enfermeira Lillian, que usava seu uniforme da marinha. Seu relógio ainda estava preso ao peito e Abigail notou que seus sapatos pretos estavam um pouco sujos de lama e pensou que a Enfermeira-chefe não teria gostado disso. Todos estavam animados para conhecer outra pessoa. Às vezes pode ficar um pouco chato.

— Eu diria que estou feliz por conhecê-los, mas não posso deixar de sentir que preferiria não ter precisado. Então... deixa eu ver se entendi direito. Eu nunca fui muito boa com nomes. Terry, eu me lembro. Então são Betty, Suzie, Lillian e Jim?

Terry a parabenizou.

— Isso mesmo, muito bem. Agora ouçam, Abigail quer descobrir como ela morreu. Eu disse que poderíamos ajudá-la. — Todos concordaram.

— Estou morrendo de vontade de saber... desculpe, um trocadilho não intencional, se meu sobrinho e sua esposa, Aaron e Monica, fizeram algo. Foi uma doença repentina ou eu fui mesmo assassinada? Sempre fui saudável e quase nunca peguei um resfriado.

— Você sabe o que dizem, vaso ruim não quebra, — disse Betty, que tinha muitos ditados, mas nem sempre os dizia da maneira correta.

— E o que isso quer dizer? — perguntou Abigail.

— Não faço ideia, mas é o que dizem.

Terry achava que sabia. — Acho que isso significa que aqueles que têm muitas doenças geralmente vivem mais do que aqueles que são saudáveis. Embora pareça um pouco retrógrado para mim.

— Tudo o que sei é que tenho certeza de que este vaso ainda deveria estar inteiro. Minha porcelana estava bem, muito obrigado. Preciso saber o que deu errado. Deve afetar sua qualidade de vida, ou a morte agora que você está aqui.

— Bem, se isso faz você se sentir melhor, — disse Betty, — eu não li sobre seu assassinato no Chiltern Weekly, então é provável que tenha sido uma morte natural. E não estava nos obituários, embora isso provavelmente não faça você se sentir melhor.

— Eu imaginava que alguém teria colocado lá e dito: "Sinto muito a sua falta" ou "Apenas flores para a família" ou algo assim. Aaron, meu sobrinho, não o faria se tivesse que pagar. E para ser justa, meus pais e irmão faleceram. E terminei com meu namorado no mês passado. Normal. Ninguém se importa.

— Bem, você nos tem agora, — disse Terry. — Conte-nos algo sobre você, Abigail.

— Eu sou... bem, eu tinha trinta e nove anos. Pelo menos nunca terei quarenta anos, pensando pelo lado positivo. Faço ajustes de costura e confecção de roupas, trabalhando em casa. É isso. Entende o que quero dizer, Terry? Quem iria querer me matar?

Jim disse animadamente:

— Talvez você tenha visto ou ouvido algo. Ou estavam atrás do seu dinheiro. Você incomodou um ladrão? Ou poderia ter sido um louco.

— Deixe-me dar uma olhada em você, — disse a enfermeira Lillian. — Não consigo ver sinais de violência ou ferimentos externos. Sem hematomas, sangue ou ossos quebrados, embora você pareça bastante vermelha. Eu morri de um ataque cardíaco, então talvez seja o mesmo com você. Ou pode ser veneno, suponho.

— Ou estrangulamento, — disse Jim.

— Ainda haveria sinais disso. Marcas ao redor da garganta. Talvez eles tenham colocado um travesseiro no seu rosto, — sugeriu Terry, prestativo.

— Meu Deus, espero que tenha sido apenas um ataque cardíaco agora, — disse Abigail a eles.

— Nem me fale, — disse Jim. Ele se virou, e Abigail ofegou quando viu um corte sangrento nas costas dele.

— Oh, meu Deus, sinto muito, Jim. Isso é de uma faca? Quem fez isso?

— Eu não tenho ideia. Não consigo me lembrar, e não há nada nos jornais.

— E se não está nos jornais, é porque ainda não encontraram o corpo dele, — acrescentou Terry. — Pelo menos alguém sabe que você está morta, Abigail. Alguém deve ter se importado o suficiente para entrar em sua casa e encontrá-la.

— Não consigo pensar em quem. A menos que tenha sido Aaron depois que ele me matou. Poderia ser o carteiro se eu não recebi algo. Tenho um pequeno problema ao encomendar coisas online. Mais provável que tenha sido um cliente, e a única razão pela qual ela fez alguma coisa foi que ela queria pegar a costura que eu havia feito. Eu me pergunto se a polícia arrombou a porta. Ou quebrou uma janela.

Ela sempre gostou de saber o que estava acontecendo. *Intrometida, na verdade,* ela pensou. Foi isso que a matou? Ela adorava uma boa fofoca com seus clientes. Mas era mais porque ela gostava de ouvir o que eles estavam fazendo, ela disse a si mesma. Não era intrometida, mas sim carinhosa, era isso.

— Eu estava no jornal quando fui atropelada, — disse Suzie com orgulho. — E quando o motorista foi preso por dirigir embriagado.

— Lamento muito por isso. Eu só me sinto um pouco culpada. Quantos anos você tem?

— Tenho nove anos. E eu estava tão ansiosa para ter dez anos. Eu estava a caminho da festa de aniversário da minha amiga. Era uma travessia, e talvez eu devesse estar olhando, mas ele estava indo tão rápido. Era pela minha pobre mãe que eu sentia pena. Cheguei ao hospital, mas morri logo depois disso.

— Foi quando a encontrei, — disse Lillian. — Ficamos juntas desde então.

— Ela tem sorte de ter você, Lillian. Vocês todos parecem tão adoráveis. Mas eu realmente preciso descobrir o que aconteceu comigo, ou então nunca descansarei em paz. Eu meio que me lembro de uma dor de cabeça e até um pouco de tosse, mas nada mais. Vou voltar para minha casa para conferir algumas coisas. Quem vem?

Terry e Suzie se levantaram e disseram:

— Eu vou. Te vejo daqui a pouco.

— Agora, o que era aquele ditado que minha velha mãe costumava dizer? — disse Betty. — Por causa de uma tosse. Era algo como – Não é a tosse que carrega seu caixão; é o... Não, não é isso. Não é a tosse que te leva embora; é o caixão... Acho que estou me aproximando. Não é a tosse que... É...

— ... Vai ser um longo dia, — suspirou Lillian.

## Capítulo Dois

A menos de três quilômetros de distância, Jessica Green acordou e abriu os olhos. Estava tão escuro que ela se perguntou se tinha ficado cega, então o quarto começou a girar. Depois de alguns segundos, ela conseguiu distinguir algo acima de sua cabeça... algum tipo de janela. Definitivamente não está em casa então. Ela nunca tinha estado em um lugar tão escuro. Mesmo à noite, o brilho das luzes da rua geralmente iluminava o céu. Onde diabos ela estava? Sua mente estava em branco. Por que ela se sentia tão mal? Sua cabeça doía muito e estava confusa.

— Vou vomitar, — ela pensou. — Deve ser a bebida. — Ela conhecia a sensação de quando foi à festa de Isla quando tinha dezessete anos, e seus pais tinham ido embora. Ela jurou então que nunca misturaria vinho e vodca.

Tudo o que Jéssica podia fazer era sentir ao redor. Em uma cama de solteiro. A borda era dura e fria, assim como a cabeceira, e ela percebeu que era feita de aço. O colchão era fino, como o tipo que você tem na prisão.

— Meu Deus, é isso? Eu fui presa?

Seus olhos se acostumaram com o escuro, e ela podia distinguir a forma da sala, mas pouco mais. O teto estava inclinado, então não havia uma cela. Ela não tinha certeza se ficaria satisfeita ou não. O cheiro também era nojento. Ela conhecia aquele cheiro de quando costumava visitar sua bisavó, roupas úmidas e velhas. Uma onda de náusea e tontura tomou conta dela novamente. Ela colocou a cabeça de volta no travesseiro. Jéssica estava gelada, mas gotas de suor se formaram em sua testa. Ela procurou por um cobertor, mas não havia um. Quem a deixaria sem um cobertor? Alguém ruim era a única resposta. Pela primeira vez em sua vida, ela sabia o que significava dizer que um arrepio percorreu sua espinha.

Jéssica sentiu o pouco de força que tinha sendo drenado de seu corpo. Seus músculos pareciam chumbo, seu braço pesado demais para mover o fio de cabelo escuro e comprido que cobria seu rosto.

Ela ficou quieta como um rato para poder ouvir se estava sozinha. Ou seu sequestrador estava escondido em um dos cantos da sala?

— Olá. Tem alguém aqui? — sussurrou ela.

Sua pergunta foi respondida por uma rajada de vento que sacudiu o vidro na velha moldura da janela acima dela, e toda a casa rangeu. O silêncio mortal logo retornou, e sua cabeça começou a latejar ao bater alto do coração. Por que ela não conseguia pensar no que havia acontecido com ela? Ela tinha uma vaga lembrança de um encontro em um pub e um homem com barba, mas nada mais. Ela poderia ter vinte e dois anos, mas nunca quis tanto a mãe em toda a sua vida. Jéssica tentou gritar no caso de alguém estar lá que pudesse salvá-la, mas apenas um coaxar escapou de sua garganta e lábios secos. Lágrimas escorreram por seu rosto, e ela as lambeu para um pouco de umidade. Sal foi a última coisa que ela provou antes de entrar novamente nos reinos da inconsciência.

# Capítulo Três

Abigail sentiu que deveria bater ou algo assim, mas no final, ela apenas fechou os olhos e entrou pela porta. Afinal, ainda era a casa dela. Aaron, um homem baixo e ligeiramente careca na casa dos vinte e poucos anos, estava sentado em seu sofá como o rei do castelo.

— Não acredito que eles já tomaram o controle dessa forma. Fale sobre pular no meu túmulo, e eu nem estou nele ainda.

Aaron olhou altivamente ao redor da sala que antes era o lugar favorito de Abigail.

— Teremos que decorar também. Sem ofensa, mas o gosto dela é horrível. E é tão impertinente. Vamos arrancar aquelas janelas velhas de madeira e colocar as de plástico. De repente, estou congelando.

— Não podemos mudar nada até herdarmos adequadamente. Ainda está no nome dela até o fim do inquérito, — disse Monica, maldosamente. — Graças a Deus encontramos o testamento. Isso significa que tudo pode ser feito de forma rápida e agradável. Mal posso esperar para descobrir quanto dinheiro ela tem. Seus extratos mostram que ela tem

14

alguns milhares em sua conta principal, mas acho que ela tem algo escondido em algum lugar.

— Fico feliz que você tenha encontrado a caixa de dinheiro no aparador dela. Isso ajudará um pouco com a mudança, — acrescentou Aaron.

— Esse era o dinheiro da minha costura. Eu trabalhei duro para isso, — Abigail murmurou.

— Não acredito que ela não tinha um alarme de monóxido de carbono. Todo mundo sabe que ele é chamado de assassino invisível, — disse Monica.

— Não ficarei invisível se descobrir que foram vocês, — gritou Abigail, embora eles não pudessem ouvi-la.

— Quem não tem um hoje em dia? Ainda assim, é uma boa notícia para nós, — enquanto os dois riam.

Abigail explodiu com isso.

— É claro que eu tinha um, sua tola. Na verdade, eu tinha dois. Um no topo da escada e outro junto à caldeira. Vou mostrar. — Ela havia esquecido que não podiam ouvi-la, mas Terry disse para mostrar a ele.

— Aqui na cozinha perto da caldeira. Meu Deus, sumiu. Você pode ver onde estava. Há um novo ali, no entanto, que não é meu. Deixe-me verificar lá em cima... Também sumiu. Eles estavam rindo disso, não estavam? Eles realmente me mataram, Terry. Tive uma morte lenta por envenenamento por monóxido de carbono! É por isso que tive uma dor de cabeça e estava fora de mim.

— Eles não admitiram o fato. Eles riram, mas não disseram que tinham feito isso. E eles teriam que mexer na caldeira. Eles saberiam como fazer isso?

— Ele é engenheiro, então com certeza, Terry. Mas você está certo, isso não é prova. Eu gostaria de poder realmente assombrá-los. Jogue essa garrafa neles ou algo assim. Não posso ou posso? — ela disse com um olhar maligno.

— Eu posso, — disse Suzie. — Sou uma Transportadora. É assim que chamamos. Eu posso mover as coisas e pegar as coisas. Pode ser porque sou uma criança.

— Incrível. Certo, o que devemos fazer? Veja o vaso ao lado dele, você pode empurrá-lo para o colo dele?

Sem responder, a pequena Suzie fez exatamente isso, e um Aaron gritando pulou no ar. Por algum motivo, Monica levou a culpa. *Bem feito para ela*, pensou Abigail.

— Eu só quero dar uma última olhada antes de irmos. Eu não quero voltar enquanto eles estiverem aqui. Esta é a minha sala de costura, Suzie. Esses são os trabalhos que eu fiz, — disse ela, apontando para um varal de roupas. — E esses são os que eu tinha que fazer. Pelo menos não terei que fazer isso agora. Haverá algumas pessoas insatisfeitas nas próximas semanas quando não receberem seus ajustes de volta. Este é o meu quarto.

— É lindo. Eu gosto do papel de parede, — disse Suzie.

— Foi antes de ser tomado por sacos pretos. Este está cheio dos meus sapatos! Não acredito que ela tenha se livrado dos meus sapatos vermelhos que eram os melhores.

— Talvez seus cascos enormes e grandes não entrem neles.

— Verdade. Obrigada por isso, Suzie. Mais uma coisa antes de irmos embora... Devo ler o final daquele livro do Inspetor Parker. Por favor, você poderia virar algumas páginas para mim? Pelo menos saberei quem fez isso. E amanhã, começarei a investigar meu próprio assassinato.


Antes do início do dia, na manhã seguinte, Abigail reuniu seus novos amigos na sala dos funcionários da biblioteca. Terry, Jim, Betty, a enfermeira Lillian e Suzie se sentaram em um círculo.

— Sinto que estou no meio de um livro de mistério, e o último capítulo está faltando. Portanto, espero que, juntos, possamos resolver o problema. Mais ou menos no estilo "Assassinato por Escrito".

— Assassinato o quê? — perguntou Terry.

— Depois do seu tempo, receio. Era um programa de TV com um assassinato diferente a cada semana, e uma autora os resolvia. Talvez uma noite Suzie consiga ligar a televisão e todos nós assistiremos. Basicamente, estou dizendo que nós mesmos podemos investigar. Encontrar algumas pistas, etc.

— Eu adorava esse programa, — disse Betty. — Nunca perdi um episódio. Eu sempre quis ser uma declive.

— Eu acho que você quer dizer detetive, minha querida, — disse Terry.

Betty tinha o hábito de misturar suas palavras, bem como seus ditos, e suspirou:

— Foi o que eu disse. Eu sei que precisamos de suspeitos e um motivo. Você viu algo que não deveria? É vingança ou ciúme? Ou por dinheiro.

— Ou por amor, — disse Suzie.

— Atualmente, estou entre namorados. Embora o próximo esteja parecendo cada vez mais improvável. E o último terminou comigo, então não acho que ele se importaria o suficiente para fazer qualquer coisa. Isso é um pouco triste, agora que penso nisso.

— Poderia ter sido um assassino em série, — disse Lillian.

Jim balançou a cabeça.

— Eles geralmente não matam por envenenamento por monóxido de carbono. Eles gostam de estar presentes no momento do assassinato, por assim dizer.

— Bom argumento, — concordou Terry. — Então, na semana anterior à sua morte, o que você fez, Abigail? Você encontrou alguma pessoa suspeita ou viu alguém sendo atacado?

— Não que eu saiba. Eu não tinha um namorado, tenho

vergonha de dizer. A única vez que via alguém era por causa da costura. Ou no supermercado. Eu tenho uma vida social melhor agora, na verdade.

Betty sentou-se mais ereta:

— Vamos lá, então, nos dê alguns suspeitos.

— Fiz a entrega semanal na Brooks Boutique para deixar os ajustes e peguei um vestido de noite e dois pares de calças. — Me pergunto o que aconteceu com eles. — Bem, não me importo. Não consigo ver as duas senhoras que o administram sendo suspeitas. A Gwen, da casa ao lado, veio até aqui. Ela mora lá há vinte anos e nunca tivemos problemas. Estou ajustando a roupa para o casamento do filho dela. Ela experimentou com o chapéu e os sapatos, então eu fiz um café para nós e, cerca de uma hora depois, ela saiu, mais do que feliz com o que eu tinha feito.

— Se ela era sua vizinha, ela tinha uma chave reserva? — perguntou Lillian.

— Sim, ela tinha. Mas não consigo pensar em nenhuma razão para querer que eu saia do caminho. A menos que ela quisesse que o filho se mudasse para minha casa. Mas há maneiras muito mais fáceis. Onde eu estava? É claro, fiz uma visita domiciliar a uma excelente cliente minha, Lady Helen Hatton, em Chiltern Hall.

— Ooh, muito elegante, — disse Suzie.

— Ela é. E, na verdade, muito legal. Nem um pouco esnobe, como alguns. Eu estava lá para ajustar o vestido dela para a Festa do Dia do Trabalhador, que será realizada no jardim. Ele só precisava ser encurtar e ajustar a cintura em um ou dois centímetros. Fomos para o quarto dela, ou o quarto principal, como ela chamava, porque eu tinha que dar uma cotação para as cortinas que ela havia comprado, que eram muito longas. Com todo o dinheiro deles, ela sempre queria saber o preço primeiro. Ela morria de medo de pagar mais caro. Deve ser preocupante para ela com todos os milhões que eles têm. E eu vou te dizer, todo o trabalho que eu fiz para ela ao longo dos anos, ela nunca me deu uma gorjeta.

Jim, o construtor, sabia exatamente o que ela queria dizer.

— Eu sei. Fiz uma reforma lá uma vez e não recebi nenhum centavo a mais. No entanto, o número de aposentados que dizem "Aqui, Jim, tome uma bebida por minha conta". Não só isso, eu prefiro dinheiro, e eles sempre insistiam em cheques ou transferências bancárias. Então, eles podem reivindicar isso em seus impostos. Nem pensou que eu poderia não querer colocá-lo no meu. Eles simplesmente não têm ideia de como é lutar.

— Exatamente. Quanto mais dinheiro eles têm, mais eles mantêm. Bem, eu preguei o vestido dela e ela disse que seu marido, Lorde Angus, tinha uma calça de golfe que precisava ser encurtada e que seu filho, Charles, tinha uma camisa que queria que fosse ajustada. Ela disse que os jovens eram tão vaidosos, e ele não prestou atenção quando ela disse que não havia nada de errado com isso – como de costume. Então ela saiu para pegá-las. É claro que eu tinha um pouco de curiosidade enquanto esperava. É um quarto adorável.

— Conte-nos o que você viu. Pode haver uma pista ou um leque vermelho, — disse Betty.

— Um vermelho o quê? Um leque vermelho? — perguntou Suzie.

— Ela quer dizer um arenque vermelho, — disse Lillian, rindo. — É uma pista que não é realmente uma pista.

— Posso tentar. Havia uma pintura linda sobre a cama. Ficaria adorável na minha sala de estar, se eu ainda tivesse uma – uma paisagem de lago. Um arco dava acesso a um enorme guarda-roupa. Na verdade, acho que chamam de vestiário. Cada parede estava forrada com roupas, sapatos e sacos. Não entrei, caso fosse pega. Havia algumas fotos em sua penteadeira, e olhei pela janela e vi o jardineiro. Ele estava conversando com outro homem.

Em seguida, Charles entrou para ser atendido. Eu nunca tinha conhecido o filho antes – um menino bonito com cabelos ruivos brilhantes. Conversamos um pouco enquanto eu estava prendendo a camisa, e ele disse que estava estudando arquitetura em Cambridge e estava no terceiro ano e o que queria fazer quando terminasse etc. Ele nunca perguntou por mim, é claro. Mas me conhecendo, eu provavelmente disse a ele de qualquer maneira. Então ele saiu, e Angus entrou, e eu tirei a medida dele. Agora, Lorde Amerston, que é seu título oficial, é alto, moreno e bonito. Ele deve ter sido o solteiro mais desejado da Escócia quando era jovem. Ele é bem gostoso agora. Pelo que me lembro, ele falou sobre a festa de verão da vila que será realizada neste fim de semana. Disse como custava uma fortuna para colocar, e seria mais barato se ele apenas lhes desse o dinheiro que eles fizeram para a caridade em primeiro lugar. Mas era o que se esperava dele. Sua família vinha fazendo isso há anos, desde que a festa ficou grande demais para ser realizada no parque da vila. Eu não gostava de dizer que não era nem há dois anos. Pobre homem. Deve ser tão difícil ser o Senhor da Mansão, — Abigail disse sarcasticamente. — Então ele disse que precisava pegar alguns cavalos do Pony Club para os passeios de pônei, e se eu gostaria de ser uma cartomante, já que eles ainda não encontraram uma? Ao qual eu recusei naturalmente. Eu poderia organizar uma barraca como de uma tômbola ou algo assim se ele tivesse pedido.

Ele disse que não estava com pressa de ter suas calças de golfe de volta, já que sua esposa se certificara de que ele não teria tempo para se divertir tão cedo. Ele disse isso em tom de brincadeira, mas acho que ela é quem manda, e ele preferiria estar no campo de golfe e no clube bebendo com seus amigos em vez de se preparar para a festa. Ele me agradeceu e eu esperei lá embaixo no corredor enquanto ele se trocava. Uma empregada veio e me perguntou se eu precisava de alguma coisa."

— Ooh, poderia ser o mordomo? — sugeriu Betty. — Sempre dizem que é, mas nunca ouvi falar de um culpado.

— Eles na verdade não têm um. Há uma governanta, Sra. Bittens. Mas ela é uma mulher idosa que está lá há anos, então eu não consigo ver ela fazendo isso. Mas vamos mantê-la na lista, Betty. Então Helen se juntou a mim e conversamos por um tempo sobre nada em particular – coisas de família, provavelmente. Na verdade, foi Charles quem trouxe toda a costura até mim, e então me despedi e disse que ligaria para ela quando estivessem prontos. E Charles os buscou dois dias depois. E ele também não me deu gorjeta. Muito rigoroso!

Betty parecia pensativa.

— Nada que leve a assassinato, não é? Com quem o jardineiro estava conversando? Talvez ele estivesse recebendo bens roubados da propriedade. Embora eu duvide. Eu conheço o velho Arthur, e ele não pegaria nem uma rosa de lá. Ele me disse que até pediu permissão para pegar uma muda da hera americana para mim. A propósito, nunca aconteceu. Talvez a pintura tenha sido roubada do Louvre. Ou é uma falsificação, e eles venderam a verdadeira por uma reivindicação de seguro.

— Eu acho que você está nos reinos da fantasia agora, Betty querida, — disse Lillian gentilmente.

— Então, está de volta à tábua de passar, — ela respondeu seriamente. — Não havia mais ninguém?

— É difícil de lembrar; parece que foi há uma vida, mas é, suponho. Espere, não consigo lembrar em que dia era, mas outro dos meus clientes mais ricos marcou um horário para uma noite. Era Nathan Hill. Agora ele é contador de alguns clientes realmente famosos e ricos – jogadores de futebol, atores. Talvez até mesmo os Hattons, pensando bem. Então ele aparece em seu novo Jaguar e estaciona do lado de fora. Ele tinha um terno Ralph Lauren para alterar, então subiu as escadas para se trocar e, pensando nisso, poderia ter notado o detector lá em cima. Ooh, agora eu me lembro, quando eu estava fazendo as mangas, seu telefone tocou. Eu tinha esquecido disso.

— Sabe quem era? — perguntou Suzie, animada.

— Sendo eu, por acaso vi a tela, e dizia alguém chamado Ashwin. Hmmm... Andrew, eu acho. Nathan foi um pouco brusco com ele e disse: "Eu te disse, não tem nada a ver comigo. Eu sei que dois milhões é muito... olha, não ligue de novo." E ele desligou a ligação. Nathan revirou os olhos e disse: "Desculpe por isso," e foi isso. Então ele mudou de assunto e me perguntou o que eu estava fazendo.

— Agora estamos chegando a algum lugar, — disse Betty. — Um suspeito, finalmente.

Terry franziu a testa e disse:

— Andrew Ashwin... Tenho certeza de que ouvi esse nome recentemente.

— Não posso dizer que já ouvi, — disse Jim. — Pense, Terry. Onde você teria ouvido isso?

— Isso virá a mim em um segundo. Hm. Eu sei onde eu vi. Pouco antes de conhecer Abigail enquanto passava pela loja de papel, vi na primeira página do Chiltern Weekly. Vocês não vão acreditar nisso, pessoal. Dizia que seu corpo foi encontrado pendurado em Ridgeway Woods!

— Fantástico, — Abigail gritou. — Não para ele, é claro, mas você sabe o que quero dizer. É outra pista para acompanhar.

— Precisamos ler o jornal e descobrir o que pudermos, — disse Terry. Ele se levantou para dar uma olhada. Mas Abigail tinha outras ideias.

Ela arregalou os olhos e exclamou:

— Eu tenho uma ideia melhor. Se nos apressarmos, talvez

possamos falar com o próprio homem. Vamos, vamos para Ridgeway Woods!

Betty olhou para Terry e pensou que ele não ficaria nada satisfeito. Como aquele que estava lá há mais tempo, todos olharam para ele em busca de conselhos. Abigail estava assumindo, e ela acabara de chegar lá.

Terry estava pensando a mesma coisa. Ele costumava ser o responsável, e agora ele estava realmente se arrependendo de trazer essa mulher mandona para seu grupo. E o pior de tudo era que eles pareciam estar enlouquecendo. Bem, em breve ficarão entediados com ela. Embora fosse bastante emocionante, ele tinha que admitir.

# Capítulo Quatro

F elizmente, a floresta ficava nos arredores de Becklesfield, então eles não tinham muito o que andar. Abigail e Lillian disseram o quanto sentiram falta de não poder entrar em um carro. Betty ficou com Suzie na biblioteca porque não achava que um corpo pendurado fosse uma boa experiência para uma jovem. Não só isso, Suzie era muito boa em virar as páginas de uma nova revista que acabara de chegar.

Terry, Jim, Lillian e Abigail seguiram pela trilha sinalizada que levava a Alta Belling, embora não houvesse uma Baixa. A trilha cortava o centro da floresta. Terry havia nascido na década de 1930 e passara boa parte de sua juventude ali, numa época em que não havia videogames e todos os meninos carregavam canivetes. Ele não tinha certeza, mas achava que as crianças de hoje em dia não tinham mais isso. Ficava se perguntando como cortariam a folhagem agora para construir seus esconderijos. Era um mundo completamente diferente, ele pensou. Mas as antigas faias e carvalhos permaneciam os mesmos. A floresta não era tão grande, talvez quinhentos acres, mas ainda seria necessário um milagre para encontrar Andrew Ashwin antes de anoitecer.

Eles estavam começando a pensar que talvez ele tivesse partido quando Terry viu uma amiga. Ao lado do caminho, uma senhora vestida com roupas vitorianas estava sentada em um toco de árvore. Em seu colo havia uma cesta de vime cheia de bluebells.

— Bom dia, Rosie. Posso apresentar Lillian, Abigail e Jim.

— Olá, Terry. O que traz todos vocês a esta região do bosque? Será que você quer dar outro passeio comigo?

— Que ideia adorável. Vou aceitar isso se você puder nos dizer se viu um homem vagando por aqui ultimamente?

— Quando ele chegou? Há muitos homens aqui, sabe. — Como se para provar seu ponto de vista, um jovem atarracado carregando uma motosserra apareceu da vegetação rasteira e passou direto pelo tronco de um enorme carvalho.

— Na última semana, — disse Abigail. — Possivelmente elegantemente vestido. Na verdade, não sabemos como ele se parece.

— Você disse bem-vestido? Bem, isso muda as coisas. Os homens que vejo hoje em dia são bem desleixados. Nunca vi meu Bill sem o colarinho e os punhos. E alguns deles estão usando apenas calças acima dos joelhos e mostrando os braços. Nem mesmo meias e Deus sabe o que estão usando nos pés. O que aconteceu com sapatos e botas de couro? Eu honestamente tenho que desviar meus olhos às vezes. Quanto às damas, teríamos sido presas por sair assim. Um tornozelo era considerado um atrevimento, — ela gargalhou. — Mas eu poderia viver sem esse espartilho, isso é certo. Mas acho que sou uma mulher velha.

— Não é velha. Você nunca será velha, Rosie.

— Eu vivi até a grande velhice de cinquenta e oito anos.

Isso é mais velho do que qualquer outro na minha família. Ouvi dizer que as pessoas podem viver até os oitenta anos agora, certo?

— Minha avó viveu até os cento e um anos e recebeu um telegrama da rainha, — disse Lillian.

— Não? Da Rainha Victoria? Você é da realeza ou algo assim?

— Longe disso, Rosie, e era a rainha Elizabeth.

— Paraíso acima. Já ouvi sobre tudo. Eu era uma de dez filhos, e apenas quatro de nós chegaram à velhice. Onde estávamos? Ah, sim, um homem inteligente. Hum. Eu vi um há alguns dias. Encontrei-o pendurado na árvore e olhando para si mesmo em estado de choque. Ele ainda pode estar lá se vocês forem rápido.

Terry se aproximou e deu um abraço nela.

— Você é um anjo e uma dama, Rosie. Assim que conversarmos, voltaremos e todos daremos uma volta com você. O que acha disso?

— Que maravilha. Eu vou esperar aqui. Portanto, sigam o caminho e peguem a primeira bifurcação à direita; era ali que o corpo estava, mas agora não está mais lá. Mas ele pode estar andando por aí.

Ele não tinha ido muito longe, e eles o encontraram mais rápido do que pensavam.

— Andrew Ashwin, eu presumo, — gritou Terry.

— Graças a Deus. Nunca fiquei tão feliz em ver alguém, ou melhor, alguém me ver. Estou vagando por esses bosques há dias. Você sabe o meu nome?

— Você estava no jornal. — Terry apresentou seus amigos e começou a contar o que ele tinha a dizer às pessoas nos últimos cinquenta anos sobre onde elas estavam. Andrew tinha trabalhado muito para si mesmo. O quê, o porquê e o quando não estavam tão claros.

— Já ouviu falar de Nathan Hill? Ele é um contador de Gorebridge.

— Sim, ele é um colega há anos. Curiosamente, tenho pensado nele desde que acordei. Isso é culpa dele? Eu sabia. Nunca gostei dele e de seu jeito convencido.

— O que você lembra sobre o que aconteceu? — perguntou Abigail.

— Eu sei que não tinha mais dinheiro e peguei muito emprestado de alguém que não deveria. De Nathan? Eu acho que não. Mas não tenho certeza. Acho que ia perder minha casa e talvez até ir para a cadeia por cinco anos. Continuo imaginando minha esposa e meus filhos, e posso ver seus rostos tristes. A última coisa que consigo pensar é em um carvalho acima de mim e uma corda. Eu me matei? Eu gostaria de pensar que não, mas não tenho ideia. Diga-me que não.

— Se tivesse, ninguém o culparia, — disse Abigail. — Isso não é culpa sua, provavelmente depois de uma dica de Nathan, você perdeu dois milhões de libras, talvez que não sejam seu. Lamento dizer, mas eu não acho que foi suicídio, Andrew. Estamos aqui porque achamos que Nathan pode ter me matado, então é provável que ele tenha matado você também. Lillian é enfermeira. Deixe-a dar uma olhada nos ferimentos em seu pescoço.

Depois de uma extensa verificação, Lillian disse:

— É muito difícil dizer com certeza, mas definitivamente suspeito, eu diria. Sua melhor aposta é ir ver sua esposa e filhos e dizer adeus ou estar lá para eles. Se ouvirmos mais, avisaremos. — Um Andrew abatido os deixou na floresta para continuar a investigação.

— Então, Lillian? — perguntou Terry. — Suicídio ou assassinato?

— Definitivamente suicídio, lamento dizer. Eu não tive coragem de contar a ele. Ele deve estar começando a pensar que haveria uma alternativa ao que ele fez. O ângulo da marca da corda era consistente com enforcamento. O estrangulamento teria sido reto ao redor do pescoço. Coitado. Ele vai encontrar a paz agora, de qualquer forma, espero.

— Então o contador está fora da lista agora, não é? — perguntou Jim.

Abigail e Lillian não concordaram.

— De jeito nenhum. Se ele tivesse perdido todo aquele dinheiro para um cliente e o levado ao suicídio, isso não faria bem à sua reputação. Até onde ele iria para manter isso em segredo? Ele sabia que você o ouviu falar com Andrew, e no minuto seguinte sua morte está em todos os jornais. Seja suicídio ou assassinato, não ficaria bem para ele na frente de todos os seus clientes chiques.

— Precisamos de um Respirador, como eu os chamo, para ajudar, — disse Terry. — Precisamos de alguém vivo para obter detalhes que nem mesmo Suzie poderia descobrir e fazer algumas perguntas. Sei que existem aqueles que podem se comunicar conosco, mas nunca conheci um.

— Respirador? — perguntou Abigail.

— Era isso ou um Vivo, e isso parecia errado. Respirador e nós somos os Mortos.

— Faz sentido, eu acho. Mas aí eu poderia ter dito - o que eu sou, carne de segunda? — Terry gemeu, mas sorriu. — Então temos os Transportadores, os Mortos e os Respiradores. — Abigail agarrou seu braço com empolgação. — Eu conheço uma, uma Respiradora de verdade que, por acaso, é uma médium autêntica. Ela é incrível. Recebe muitas boas avaliações e tem ótimos resultados. Amanhã podemos fazer uma visita. Ela mora em Becklesfield, graças a Deus. Que sorte, né? Ela vai ficar chocada. E, além de eu estar morta, esse deve ser meu dia de sorte, porque acabei de me lembrar que ela é casada com um policial!

. . .

Eles mantiveram sua promessa a Rosie e ficaram muito felizes por isso. Ela mostrou a eles uma clareira particular, acarpetada com bluebells como as de sua cesta. Quando uma família de veados e um par de filhotes de raposa com seus pais entraram, Abigail realmente pensou que ela havia morrido e ido para o Céu.

No dia seguinte, por sorte, o sol brilhava — nem mesmo os fantasmas gostam de chuva. Abigail não conseguia esconder sua empolgação naquela manhã na biblioteca, enquanto contava a todos sobre sua cliente que, por acaso, era uma médium. Ela havia feito costuras para a mulher e, quando sua própria mãe faleceu, recebeu uma leitura gratuita e ficou impressionada com os detalhes corretos que a médium captou. De alguma forma, ela sabia que sua mãe tinha crescido em uma fazenda e que seu pai a esperava ao lado de uma porteira no céu. Abigail já tinha visitado a fazenda perto de Upper Farthing muitas vezes e escalado aquela mesma porteira. O fato de sua cor favorita ser azul e de nunca usar verde por ser considerado azarento não era tão impressionante, mas ainda assim era verdade. Elas se tornaram amigas depois disso e frequentemente conversavam por telefone ou tomavam café juntas. Mas a prova real só viria quando fossem vê-la, e ela pudesse ouvi-los, se não vê-los. Ou, como Betty disse à sua maneira inimitável: "A prova vai estar no pudim de Natal."

Abigail estava tão animada para que eles a conhecessem.

— Hayley Moon, bem, esse é o nome profissional dela, na verdade é Hayley Bennett, é incrível no que ela faz. Ela não é apenas uma médium psíquica, ela gosta de horóscopos e cartas de tarô. Na maioria das vezes, porém, ela se comunica com um ente querido morto para os outros. Ela pode até te dar uma leitura por telefone, mas isso provavelmente não funcionará para nós. Acredito que ela não seja falsa, mas acho que logo descobriremos. E, felizmente, ela mora perto daqui, em Church Lane.

# Capítulo Cinco

Abigail reconheceu a casa na sequência de cinco, que foram construídas há relativamente pouco tempo em Becklesfield, nos anos cinquenta. A de Hayley era a que tinha um apanhador de sonhos e sinos de vento pendurados na varanda. Qual era a etiqueta para visitar uma médium ou qualquer outra pessoa, ela se perguntou. Ela deveria pedir à Suzie para bater na aldrava? Não, ela simplesmente entraria, mas pela porta da frente – ela ainda tinha maneiras.

Hayley estava sentada em sua estufa com os pés para cima e os olhos fechados. Ela estava ouvindo uma música alta e relaxante, perfeita para meditação. Uma grande vela branca queimava no aparador, cercada por cristais de todas as formas e cores.

— Hayley, você pode me ouvir? ... Não, ela não pode. Que pena. HAYLEY. Desligue essa música, por favor, Suzie. Aah, isso chamou a atenção dela.

Hayley sentou-se quando a música parou abruptamente e, de repente, a vela se apagou. *Muito estranho*, ela pensou.

— Hayley, é Abigail. Abigail Summers, a costureira.

— Oi, querida. Vou te deixar entrar. — Ela caminhou rapidamente até a janela e depois a porta da frente. Ela endireitou a saia até o tornozelo. Ela os contara uma vez, e possuía vinte e oito deles, em todos os padrões e cores. Foi assim que ela conheceu Abigail. Ela não podia passar por uma loja de caridade sem procurar uma. Na maioria das vezes, elas eram do tamanho errado, e ela chamava os serviços da melhor costureira de Becklesfield para fazê-las servir. — Onde você está, querida?

— Eu disse que ela me ouviria. Estamos aqui, atrás de você.

Hayley se virou e ficou totalmente confusa.

— Onde? Vejo um pouco de névoa.

— Somos nós. Eu morri, Hayley. E precisamos da sua ajuda. Você não sabe o quanto estamos satisfeitos por você não ser uma farsa. Eu disse a eles que você era a melhor por perto.

— Nós? Quantos de vocês estão aqui?

— Somente quatro. Conheça Terry, Suzie e Betty. Desculpe aparecer assim. Somos todos novos no mundo psíquico. Não sabíamos como fazer contato. Mas sempre achei que a abordagem direta é a melhor, então, lamento, mas acabamos entrando em sua casa.

— Posso ver todos vocês agora. Bem, estou arrasada. Nunca tive uma visão muito clara.

— Por favor, sente-se novamente, Hayley. Parece que você viu um fantasma!

Todos se reuniram na sala de estar. Isso provocou risadas em Abigail quando ela percebeu a ironia da situação.

— Apenas me deixe pegar uma taça grande de vinho branco, por favor. Estou acostumada com meu guia espiritual e outros parentes conversando comigo em minha mente, mas eles não costumam aparecer na minha sala sem avisar, — admitiu uma Hayley muito pálida. Ela enfiou o cabelo comprido e preto atrás das orelhas e caiu na poltrona de couro. — Eu não tinha ideia de que você estava morta, Abi. Não estava no jornal.

*Não fique se remoendo, Abigail.*

— Sinto muito por ter te chocado assim, mas você é nossa única esperança. Veja bem, eu não apenas morri, fui assassinada.

— Todos nós estamos investigando, — acrescentou Suzie.

— Eu preciso saber, Hayley. Prometemos que não a colocaremos em perigo.

— Não tenho certeza do que posso fazer. Se eu soubesse tudo o que aconteceu, já teria ganhado na loteria ou... Entendi. Não é só a mim que você quer, é? Será que você se lembra que sou casada com um policial?

— Isso nunca passou pela minha cabeça... Eu tinha esquecido disso, — mentiu Abigail. — Mas agora que você mencionou isso!

— Isso não lhe trará nenhum benefício. Além disso, Tom é apenas um policial, então ele não tem muita influência com ninguém. Mas continue. Diga-me o que sabe até agora.

Terry continuou a história.

— Ela foi envenenada por monóxido de carbono por pessoas desconhecidas no momento. Há alguns nomes na lista. Sua sobrinha e sobrinho, Nathan Hill, o contador e os Hattons de Chiltern Hall. Mas isso é só porque eles são as únicas pessoas com quem ela se encontrou nos últimos dias.

— Eu conheço um pouco os Hattons, — exclamou Hayley. — Eu era uma cartomante no Festa do Dia do Trabalhador há alguns anos. Eu recusei este ano. Mesmo que fosse por uma boa causa.

— Por favor, reconsidere, Hayley. Isso lhe daria a chance de bisbilhotar um pouco. Você poderia manter seus olhos, ouvidos e quaisquer outros sentidos abertos. Lorde Angus irá morrer de felicidade se você se voluntariar. Desculpe o trocadilho. Ele ainda não conseguiu encontrar um. Ele até me pediu, então ele deve estar ficando desesperado. Por favor, pense sobre isso. Há ainda Nathan Hill, o contador. Ele é rico, lindo, mas decididamente desonesto. Ele conhecia o cara que morreu na floresta, Andrew Ashwin.

— Eu li sobre ele. Eles acham que ele se enforcou. Fiz uma oração pelo pobre homem e espero que ele tenha feito a travessia.

— Não, ele não o fez, — ela respondeu, para espanto de Hayley. Não que ele não tivesse, mas porque Abigail sabia. Ela estava aprendendo mais em um dia do que jamais imaginara.

— Meu sobrinho, Aaron, também poderia ter feito isso. Ele já tomou conta da minha casa e não parece nem um pouco triste de sua única tia ter tido uma morte horrível. Acha que Tom poderia ajudar? Pode ser uma vantagem se ele pegar um assassino.

— Ele não é um detetive, então não tenho certeza de como. Mas ele é muito bom no que faz. Principalmente porque ele é muito atencioso. Mas acho que você não terá nenhuma satisfação com ele, porque ele não acredita em nada sobrenatural. Se possível, tento evitar isso dele e, se eu começo, ele coloca as mãos sobre as orelhas e começa a fazer barulho.

— Talvez possamos provar a ele que é verdade.

Hayley olhou para o relógio.

— Bem, você pode tentar porque ele estará em casa a qualquer minuto.

Tom Bennett, o jovem e bonito policial, trabalhava na cidade vizinha, Gorebridge. A taxa de criminalidade era muito maior do que em sua cidade, Becklesfield. Depois de um longo dia prendendo ladrões de lojas e separando brigas, a última coisa com que ele queria lidar era com a bagunça da esposa dele. Ele estava esperando tomar uma garrafa de cerveja e comer um bom bife grosso com batatas fritas, depois levantar os pés e assistir televisão até dormir. Mas ela estava realmente testando sua paciência esta noite. Ele só estava ouvindo pela metade. Algo sobre um assassinato, um enforcamento, a Festa do Dia do Trabalhador e uma costureira que havia sido envenenada.

— Tom, não te peço muito. — Hayley ignorou a expressão que ele fez. — Tudo o que eles querem é que você dê uma olhada nos arquivos de Abigail Summers e Andrew Ashwin quando for lá amanhã. Ambos morreram recentemente em circunstâncias muito suspeitas.

Isso chamou a atenção dele.

— Você só pode estar brincando. Não é apenas uma perda de tempo, posso perder meu emprego se for pego. Sei que seu guia espiritual lhe disse para onde aquela menina estava, mas meu chefe disse que foi apenas um bom palpite da sua parte.

— E acho que só por acaso adivinhei que as joias daquele roubo estavam embrulhadas em uma toalha de mesa e escondidas naquele celeiro.

— Mesmo assim, o Detetive Chefe Inspetor Johnson disse que era uma coincidência. Quando eu tiver provas adequadas, acreditarei em você. — Em seguida, ele pegou o controle remoto e ligou a televisão. Mas Suzie imediatamente pressionou o botão vermelho para desligá-lo. Isso chamou a atenção dele.

— Ótimo! Agora a TV está quebrada.

— Desculpe, Abi. Eu sabia que ele nunca aceitaria. Mesmo que isso ajudasse na carreira dele. — Tom revirou os olhos para a esposa conversando com ninguém. Não era a primeira vez.

— Bem, uma coisa que podemos fazer é dar a ele a prova de quão boa você realmente é, Hayley. Diga a ele que o fantasma de uma garotinha está prestes a empurrar aquela moldura fotográfica do peitoril da janela.

— Tom, fique de olho na foto da sua avó. — Tom pulou quando caiu no tapete.

— Pode ser o vento. Ou em um pedaço de barbante. O que mais você tem? — perguntou Tom.

— Pegue aquele livro. Abra qualquer página e aponte para uma palavra.

— Ok... Essa daqui.

— Sombrio. Nunca. Capítulo. O. Entre, — repetiu Hayley depois que Abigail viu para qual palavra seu dedo estava apontando.

— Na verdade, isso é bastante impressionante, Hayley.

— Agora acredita em mim? Não é meu guia espiritual desta vez. Abigail está aqui, e ela quer saber se sua morte está sendo investigada. A causa foi envenenamento por monóxido de carbono. Provavelmente acidental, pois não havia detectores na casa. Mas Abi sabe com certeza que dois foram tirados. Então, se isso não é assassinato, não sei o que é!

Tom parecia ter visto um fantasma também agora.

— Eu tenho que pensar sobre isso. Eu realmente não quero que você se envolva. Se há um assassino por perto, o que os impede de vir atrás de você?

— Você sabe que eu sempre pensei que minhas habilidades eram um presente especial de Deus. Se eu não fizer bom uso deles, qual é o objetivo? Preciso disso, e deve haver um motivo para a Abigail ter vindo até mim. Você retribui às pessoas com seu trabalho o tempo todo, e eu sei que ajudo aqueles que perderam alguém, mas esta é uma chance real para eu provar aos outros, a você e principalmente a mim mesma que tenho o dom. Por favor, Tom. Eu te imploro.

— Está bem, eu desisto. Vou dar uma olhada nos arquivos on-line quando for para lá. Vou te ligar no meu intervalo, mas não vou escrever ou trazer nenhum arquivo para casa. Eu não quero deixar um rastro. Eu poderia me meter em sérios problemas. Johnson adoraria que eu fosse demitido.

— Pelo menos você não precisa ser uma cartomante na

Festa do Dia do Trabalhador no sábado. Eu tenho que dar leituras enquanto os faço falar. E aposto que eles me farão usar aquela roupa vermelha e dourada ridícula de novo. Eles têm uma ideia muito engraçada do que nós, médiuns, vestimos. Ainda assim, é um caso isolado, acho que não precisaremos ajudar os espíritos novamente, e é para caridade.

Todos agradeceram a Tom por meio de Hayley, e Terry disse a ela que fosse à Biblioteca Pública de Becklesfield por volta das três horas do dia seguinte para contar o que havia descoberto. Mas onde eles devem se encontrar? Perguntou Hayley.

Onde mais? A seção de crimes reais!

## Capítulo Seis

No dia seguinte, Jessica acordou com a luz e percebeu que estava em um sótão. Não é um porão, graças a Deus. Ela já tinha visto muitos filmes desse tipo para saber que isso nunca terminava bem. Sua cabeça ainda doía, e ela sabia que havia sido drogada. Havia uma pequena janela sombria acima dela, e o céu estava tão escuro quanto seu futuro. Desta vez, ela poderia absorver o ambiente ao seu redor. De certa forma, ela desejou não poder. Ela não tinha forças para sair da cama. Ela viu uma porta grande e pesada, e as paredes estavam forradas com tábuas, do tipo que seu avô usava para forrar o galpão. Embora ele a chamasse de caverna de homem para se livrar da Nana.

Como ela pensava, estava em uma velha cama de metal. Pelo menos tinha um lençol e um travesseiro razoavelmente limpos, mas o colchão tinha um cheiro horrível que ela não queria nem pensar. Ao lado dela estava um velho balde de plástico, cujo pensamento a fez se sentir mal. Ela viu duas garrafas de água e alguns pacotes de batatas fritas e biscoitos simples e baratos. Então, quem a trouxe aqui não queria que ela morresse de fome. Eles obviamente não queriam que ela morresse, pensou ela enquanto seus olhos se enchiam de lágrimas. Jessica se sentiu tonta novamente, e ela desejou poder desmaiar; na verdade, ela desejou poder morrer. Mas então uma raiva repentina tomou conta dela. Por que ela deveria morrer? Não, a luta por sua vida era importante. Ela se recusava a morrer aqui, onde nunca poderia ser encontrada.

Ela ouviu um som, prendeu a respiração e sentou-se ereta. Eram passos? Tum, tum, tum. Com certeza alguém estava se aproximando? Seus olhos estavam mais arregalados do que nunca. Então o barulho parou. Ela exalou, com o peito batendo como um tambor. Jessica só havia morado em casas modernas, então não estava preparada para os rangidos e gemidos de uma casa daquela idade, que ganhava vida com as mudanças de temperatura e o vento. Seu corpo estremeceu e relaxou. *Não havia ninguém lá,* disse a si mesma. Ninguém estava lá.

Ela abriu a água. Sua sede era excruciante; ela não aguentava mais. Passou por sua mente que poderia estar drogada, mas ela precisava. Jéssica tinha ouvido em algum lugar que você pode ficar sem comida por um longo tempo, mas não água. Ela só bebeu metade da pequena garrafa, pois passou por sua mente que ela poderia ficar lá por um longo tempo, e teria que durar. Ah, isso tinha um gosto tão bom. Ela girou o líquido em sua boca e saboreou cada gota. Quatro goles teriam que ser suficientes por enquanto.

O único outro móvel no quarto era uma cadeira de pinho. Ele ia se sentar nela? Seu estômago se contraiu ao pensar nisso. Seu casaco azul favorito, que ela sempre usava quando saía para algum lugar especial, estava na parte de trás. Talvez ela pudesse equilibrá-la na cama e olhar pela janela ou escalá-la, mas não achava que conseguiria passar por ela. A visão de seu casaco causou alguns flashbacks. Jéssica se lembrou de colocá-lo. Mas para onde ela estava indo? Visões de um homem com barba e sorridente apareceram em sua mente. Em um pub, talvez. Algum tipo de encontro? Ele parecia muito mais velho do que seus namorados habituais. Ela o conheceu online? De repente, veio a ela, seu nome era Robin! Tínhamos combinado de nos encontrar no pub The Greyhound, ela lembrou. Peguei o ônibus lá. Ele parecia amigável o suficiente. Um belo sorriso. Ela se sentiu um pouco enjoada e tentou se levantar para ver se a porta estava aberta, mas recuou. Ela teria que olhar pela janela mais tarde. A tontura voltou e suas pálpebras ficaram pesadas. Ela estava desmaiando, então a fuga teria que esperar. Ela estava certa; havia algo na água. Droga.

# Capítulo Sete

Pouco antes das três da tarde de quinta-feira, Hayley entrou orgulhosamente na biblioteca. Todas as críticas que ela havia recebido de descrentes ao longo dos anos passaram por sua cabeça. Desde aqueles que a acusavam de se aproveitar dos enlutados até os que diziam que ela era apenas boa em adivinhar. Quem se importa agora? Se não queriam acreditar, era problema deles. Mesmo antes de Abigail, ela sabia que o dom que tinha era dado por Deus. Mas estava muito feliz por Tom não ter mais dúvidas. Ver para crer, de fato. Ele provou isso ao contar a Hayley o que havia descoberto. Ele não escreveu nada para ela e também pediu que ela não anotasse, então Hayley só esperava conseguir se lembrar de tudo o que ele havia dito. Tom não se arriscaria a deixar essas informações caírem nas mãos erradas. O inspetor Johnson não gostava muito do jovem policial popular, que parecia ser alguém que chegaria à investigação criminal e provavelmente subiria mais do que ele próprio.

Todos se reuniram ao redor dela quando a viram entrar na biblioteca.

— Venha e sente-se, Hayley, — disse Betty. — Esses são Lillian e Jim. Eles estão nos ajudando a investigar também.

— Olá, prazer em conhecê-los. É melhor eu contar o que descobri rapidamente. Tom não me deixou escrever nada nem enviar mensagens de texto, caso ele fosse descoberto. Ele poderia se meter em sérios problemas se fosse descoberto dando informações a qualquer pessoa, mesmo que já tivesse morrido, — ela riu. — Muito bem, ouçam com atenção. Não me interrompa, pois isso me distrairá, Abigail. Eu sei como você é. A chaminé de sua caldeira deve ter ficado bloqueada por pelo menos dois dias, querida. O que foi estranho, pois um engenheiro a inspecionou, como você sabe, há seis semanas. Ela foi bloqueada do lado de fora com galhos e folhas para dar a impressão de que um pássaro havia feito um ninho. Mas você não precisa ser David Attenborough para saber que é a época errada do ano. A pressão também estava alta, então era um acidente esperando para acontecer.

Gwen Giles, sua vizinha do lado, lembra-se de ter visto um operário de boné e macacão passando por sua casa em um desses dias. E poderia ter havido uma van branca na estrada, mas poderia ter sido a qualquer momento. Eles sabiam que algo estava errado quando a Brooks Boutique não recebeu os ajustes de seus clientes de volta. Você sempre foi pontual e nunca os decepcionou. Você foi encontrada em sua cama sem outros sinais de lesão. O inspetor Johnson notou que não havia nenhum detector e que não havia nenhum parafuso na cozinha, mas ele atribuiu esse fato ao fato de Abigail ser do sexo feminino e, portanto, não ter percebido. Palavras dele, não minhas ou de Tom. Seu sobrinho e sua sobrinha receberam permissão para se mudarem, pois haviam sido expulsos recentemente de uma casa alugada porque o proprietário queria vender. Além disso, eles são seus parentes próximos e têm uma chave, então eles não pensaram que seria um problema. E era melhor do que ficar vazia e ser uma atração para ladrões. Eles não tinham um álibi para os dias anteriores, além um do outro. Nenhuma outra investigação ocorrerá até depois do inquérito. Mas os investigadores simplesmente atribuíram o caso a uma morte acidental e ao fato de você não ter tomado as devidas precauções."

Abigail estava quase explodindo, tentando dar sua opinião, mas conseguiu ficar calada, como Hayley queria.

— Isso é o que estava no arquivo de Andrew Ashwin. Basicamente, ele foi encontrado pendurado em uma árvore em Ridgeway Woods. Seu inquérito ainda não foi realizado, mas todos os sinais apontam para suicídio, pois ele estava profundamente endividado e havia perdido muito dinheiro para sua empresa financeira. Não havia bilhete de suicídio. Embora eu vá dizer à esposa dele para olhar na porta da geladeira. Acredita que tive uma visão de que Aiden, seu filho pequeno, desenhando um dinossauro no verso para sua mãe, e ela o colocou sob um ímã de geladeira? Acho que é só isso. Ele foi encontrado por um casal de idosos passeando com o cachorro. Só espero não ter esquecido de nada.

— Parabéns por ter se lembrado de tudo isso, Hayley. E é incrível que você saiba onde está a nota de suicídio. Poderia ter sido estragado e jogado fora. Pelo menos sua esposa saberá o motivo. O fato de ser sobre dinheiro e nada a ver com ela deve ajudar.

— Obrigada, Betty. Não sei se devo ir lá ou enviar uma carta. Já visitei famílias antes, e elas presumem que estou lá porque quero dinheiro para isso. O que aconteceu com as pessoas que faziam algo de graça? Acho que vou enviar um cartão de condolências e escrever lá. Posso colocar meu número ou meu site lá, caso ela queira entrar em contato.

— Eu não sabia que você tinha um site, Hayley, — disse Abigail.

— Claro. A maioria dos médiuns têm. Ofereço leituras ou conselhos sobre cartas angelicais. Links para todas as coisas espirituais e meditação, CDs, análise de sonhos etc. Na verdade, eu faço cura pela fé, mas suspeito que estou um pouco atrasada para qualquer um de vocês. Desculpe, não deveria brincar.

— Não se preocupe com isso, — disse Terry. — É assim que passamos os dias. Tenho a sensação de que, se você resolver isso, ficará famosa.

— Você pode ter um vírus.

— Eu acho que você quer dizer se tornar viral, Betty, — disse Lillian.

— Mais do que provável, — disse Betty. — Nós mal tínhamos eletricidade quando eu nasci, então eu preciso me atualizar sobre essas palavras novas.

— Na verdade, prefiro que Tom receba o crédito. Meu telefone tocará sem parar. Espero ter mais alguns clientes. Além disso, haverá os grupos habituais que dizem que sou maluca.

Felizmente para ela, nem ela nem os fantasmas tinham visto todos os olhares engraçados que essa maluca estava recebendo, fazendo um discurso para si mesma. Alguns dos usuários e a bibliotecária acharam que era uma pena que ela estivesse fora de casa sem seu cuidador e que realmente deveria haver mais ajuda disponível para pessoas como ela.

— Pelo que diz no meu arquivo, acho que eles não farão nada sobre isso tão cedo. Sou um acidente, e o pobre velho Andrew foi um suicídio. Mesmo que fosse, havia outra pessoa responsável. Cabe a nós encontrarmos a prova, eu acho.

— Estamos prontos, — disse Terry e os outros concordaram.

— Começaremos com os Hattons no sábado. Hayley conversará com quem puder enquanto estiver usando sua bola de cristal, e faremos um pouco de arrombamento e invasão, ou, na verdade, quando eu pensar nisso, invasão!

Sexta-feira foi passada na biblioteca, planejando sua próxima estratégia e apenas relaxando também. Abigail sabia que o cansaço não era mais um problema, mas ainda era bom apenas absorver sua nova vida, se ela pudesse chamar assim. O tempo estava frio e chuvoso, mas felizmente, no dia da Festa do Dia do Trabalhador em Chiltern Hall, o sol estava brilhando sem nuvens no céu. Pela primeira vez, Abigail desejou ter calçado sandálias e um vestido florido e esvoaçante. O pijama não combinava com a ocasião especial ao ar livre ao sol. Todos eles decidiram ir à feira, e Suzie estava tão animada que Lillian e Jim estavam tendo trabalho para acompanhá-la.

Era realmente uma visão maravilhosa e parecia como se fosse há muitos anos. Banners de todas as cores foram colocados em todas as tendas e nos espetáculos paralelos. O jogo de coconut shy usava os mesmos postes de madeira e bolas que Terry havia jogado há mais de sessenta anos. Suzie foi para a festa e jogou um aro sobre um aquário, para a surpresa do dono da barraca. Lillian e Jim disseram que a levariam para dar uma volta nos pôneis.

Abigail, Terry e Betty se dirigiram a uma tenda aberta com uma placa que dizia "A Maravilhosa Hayley Moon – A mundialmente famosa cartomante das estrelas".

— Como estão as coisas? — perguntou Terry.

— Ooh, você me assustou, — disse Hayley, que estava usando o traje cigano vermelho e dourado. Ela havia se recusado a usar o lenço na cabeça; seu cabelo na altura da cintura parecia perfeito de qualquer maneira.

— Você nunca previu isso então, — disse Betty, brincando.

— Haha. Está indo bem. Vi duas adolescentes até agora.

Apenas disse a elas o que todas querem ouvir. Fama na TV e muitos namorados. Não quero levar minhas previsões muito a sério; elas só vêm para se divertir um pouco, e só estou fazendo isso por você. Aqui está tudo o que sei até agora. Helen está no comitê de boas-vindas, e Angus está ajudando nas barracas. Espero dar a eles uma leitura e descobrir mais algumas informações. Charles parece estar permanentemente na barraca de cerveja até agora. Eu o vi bebendo com Morris Dancers. Acho que eles estão adquirindo coragem líquida para quando fizerem sua parte mais tarde. Por que você não vai e olha para o Maypole Dance? Já vai começar. É um espetáculo e tanto se você nunca viu.

— Boa ideia. Não se esqueça de fazer muitas perguntas aos apostadores e tentar descobrir o que os Hattons estão fazendo. Te vejo daqui a pouco. — Abigail os levou para fora da tenda e eles foram se juntar aos espectadores.

Eles chegaram bem a tempo de ver o prefeito coroar a Rainha do Dia do Trabalhador. Ela foi anunciada como Layla Kaye, de treze anos, da escola local. Ela estava usando um vestido branco enfeitado com um tom rosa pálido e agora tinha uma coroa de flores amarelas, vermelhas e rosas em cima de seu longo cabelo loiro. O prefeito então apresentou as doze crianças da Escola Primária Becklesfield que estavam praticando há um mês como dançar em torno do mastro de cinco metros. Era o mesmo que estava em uso há mais de cem anos. Os seis meninos e seis meninas seguravam uma fita presa ao topo que tinha todas as cores do arco-íris. Quando a banda local começou a tocar, eles começaram a pular e entrar e sair um do outro. Quando a música parou, o poste estava adornado com um padrão perfeito de fitas. Abigail, Terry e Betty ficaram para se juntar aos aplausos e depois passaram pelo resto das festividades. Eles viram Charles com todos os seus companheiros bebendo uma cerveja, incluindo os dançarinos

Morris resplandecentes em seus trajes brancos e vermelhos. Abigail ficou surpresa ao ver que Aaron e Monica estavam na tenda de artesanato, então ela entrou para ver o que estavam fazendo. Eles estavam visitando a barraca de bolos caseiros e compraram algumas peças de bugiganga.

— E eles tiveram a coragem de jogar minhas coisas fora, e acabaram de comprar um cavalo de porcelana dos anos oitenta e um bule em forma de elefante. Sério, o que eles estão pensando? Acho difícil acreditar que somos parentes. Vamos, vamos entrar em casa e fazer algumas investigações. O bom é que não podemos ser pegos, ou podemos? Será que vamos aparecer se eles tiverem câmeras de vigilância, Terry?

— Na verdade, eu sei disso. Às vezes, nós as acionamos, mas saímos apenas como orbes. Ou às vezes como uma sombra negra. O mesmo com câmeras normais.

— Que emocionante! — Espero que meu sobrinho compre uma. Vou continuar acionando-a. Mas duvido que ele vá. Ele saberá que, com coisas como esse bule de chá e esse cavalo, não haverá muitos ladrões! Isso me lembra, vamos.

O Chiltern Hall era um exemplo clássico de um edifício georgiano. A fachada era perfeitamente simétrica, até mesmo as janelas, as chaminés e as árvores de ambos os lados. Eles subiram os degraus de pedra brancos centrais até a grande entrada, e Abigail não ficou surpresa por haver exatamente dez. Ela adorava a simetria e a usava em todos os seus projetos.

— Sinto que devemos entrar na entrada para comerciantes, — disse Terry brincando.

— Pelo menos eles nunca me obrigaram a fazer isso, — respondeu Abigail enquanto atravessavam a pesada porta de carvalho e entravam no corredor. A governanta, a velha Sra. Bittens, estava descendo a grande escada carregando uma cesta de roupa suja. Nem sequer lhe deram o dia de folga, todos pensaram. Quando ela chegou até os três, ela estremeceu.

Abigail se virou para Terry.

— Então, é verdade, a temperatura cai quando estamos por perto?

— Normalmente. Não me pergunte o porquê.

— Lembre-me de ir à casa de Aaron em um dia frio! Vamos, por mais que eu adoraria ser intrometida e ver o resto da casa, é melhor subirmos.


À primeira vista, o quarto principal parecia exatamente o mesmo. A pintura a óleo sobre a cama era ainda mais agradável do que Abigail se lembrava, mas talvez ela apenas apreciasse mais as coisas boas da vida agora. Era de um barco à vela em um lago. Mas quando ela olhou mais de perto, ela percebeu que era um lago na Escócia passando pela paisagem ao seu redor. Talvez fosse perto da casa imponente que possuíam lá.

— Oh, minha tia tonta, — exclamou Betty. — Basta olhar para todas essas roupas. Há mais naquele armário do que eu e meu John tivemos toda a nossa vida. Tínhamos um par de sapatos de ar livre e um par confortável; por que diabos ela precisa de vinte pares? Você ainda pode usar apenas um par de cada vez. Que desperdício de dinheiro.

— Como a outra metade vive, hein, Betty.

Terry estava olhando para as fotografias na penteadeira de que Abigail havia falado. A maior delas era de Lady Helen sentada na parte de trás de um barco à vela. Ela estava de chapéu e estava olhando para longe. Poderia ter sido levado para qualquer lugar, mas poderia estar naquele lago, pensou Abigail. Uma fotografia de uma família de quatro pessoas, em uma moldura prateada ornamentada, estava ao lado dela. Pelo jeito, a foto havia sido tirada nos anos setenta, passando pelo homem de cabelos compridos com sua enorme gola pontiaguda. Quem quer que fosse, e provavelmente era o pai de Angus, sua gravata roxa e laranja tinha cerca de quatro centímetros de largura. Foi tirada na porta de uma igreja. Talvez convidados de um casamento, pois o homem e a mulher tinham botões de rosa no lado esquerdo. O homem carregava um bebê de cerca de seis meses, sorrindo com uma massa de cachos escuros. Um garotinho ruivo segurava a mão da mãe.

— Isso é tão triste, — disse Abigail. — Esqueci disso. Angus tinha um irmão, Graham, e ele morreu jovem. Todos pareciam tão felizes ali.

O último era a de um grupo de tiro com três pessoas e um Jack Russell. Acreditavam que era a Escócia, pois havia urze e colinas ao fundo. Um deles parecia um Angus mais jovem. Um homem mais velho que se parecia com o homem da foto da igreja, provavelmente seu pai, estava ao lado dele. Um homem de olhos azuis e cabelos ruivos estava na ponta e segurava um faisão. Ele tinha cerca de cinquenta anos, então não era irmão de Angus. Ele tinha um belo sorriso, o que fez Abigail se sentir triste momentaneamente. Ela nunca mais flertaria ou simplesmente gostaria de alguém novamente. Ela descobriu em sua curta vida que era mais importante gostar de alguém do que eles gostam de você. O truque era encontrar sentimentos que fossem mútuos. Ela nunca teve sucesso nisso. Quando ela tinha vinte e poucos anos, havia um rapaz que sempre a pedia em casamento e aquele com quem ela teria se casado em um piscar de olhos e com quem teria tido seis filhos a tratava mais como uma amiga. Talvez fosse melhor ela ficar sem namorar. Ela sempre perdia. Abigail saiu de seu devaneio quando Betty falou.

— Vamos, todos vocês devem estar pensando nisso. Cabelos ruivos! Agora Charles tem cabelos ruivos. Poderia ser esse o motivo? Este é o verdadeiro pai dele. E ele é um amigo da família ou até mesmo o guarda-caça. Um Mellors da vida real. Helen safada.

— É melhor não começarmos esse boato ainda, — acrescentou Abigail. — E parece um pouco drástico me matar por causa disso.

— Você está brincando. Estamos falando de títulos hereditários. Isso não mudou por centenas de anos. As mulheres ainda não podem herdar um título e uma propriedade se houver um irmão mais velho. Charles talvez não possa herdar se o pai dele não for o Senhor, mas esse cara é, — disse Terry. — Mas por que manter a foto? Certamente eles não iriam querer sua foto onde qualquer um pudesse vê-la. E tenho certeza de que Angus teria tido um pressentimento de que o sujeito ali poderia ser o pai de Charles e não ele.

— Não necessariamente, e a maioria das pessoas não conseguiria ver. Em geral, faço os ajustes no quarto de hóspedes, onde fica o espelho grande. A única razão pela qual eu vim aqui naquele dia foi para dar a Helen uma cotação para as cortinas. O homem ao lado de Angus poderia ser apenas um amigo. Acho que podemos presumir que o mais velho é o último Lorde Hatton, ou melhor, Lorde Amerston, porque ele está na outra da igreja.

— Talvez Helen esteja ou estivesse apaixonada pelo homem ruivo, e era a única foto que ela tinha dele. E o pobre Angus pode nem saber que Charles não é seu filho, — disse Betty. — Acho que isso poderia facilmente ser um motivo para assassinato, mas não consigo pensar por que você. Vamos esperar que a Maravilhosa Hayley Moon esteja tendo mais sorte.

# Capítulo Oito

— Cinco libras, por favor, Lady Helen.
— Claro. Não espero tratamento especial. — Embora ela parecesse estar esperando por isso. Ela empurrou os óculos de sol de volta na cabeça e sentou-se à mesa em frente a Hayley.

— Você está linda. O vestido é lindo e combina muito bem com você. Devo ter um corpo estranho, ser de baixa estatura ou algo assim. Nunca consigo que algo me sirva. É por isso que sempre uso saias longas, — disse Hayley, esperando que ela morda a isca. — Tenho a maioria de minhas roupas ajustadas. Uma mulher chamada Abigail ajustou para mim. Infelizmente, ela morreu recentemente. Uma pena mesmo. Vou sentir muito a falta dela.

— Ai, eu sinto muito!

— Sim, boas costureiras são tão difíceis de encontrar. — Hayley achou melhor não transmitir essa parte da conversa. Então, ela começou com a leitura do futuro.

Ela segurou as mãos sobre a bola de cristal e as moveu. Não era dela, mas estava na caixa de adereços da última feira, então ela não tinha ideia de como funcionava. Ela fechou os olhos e permitiu que seus pensamentos viessem à tona.

— Há uma grande mudança chegando em um futuro próximo. Vejo um passeio de barco.

— Nós temos um barco, — exclamou Helen. — Mas espero que seja um cruzeiro. Não gosto muito da água.

Hayley continuou por um tempo dizendo a ela o que estava sentindo, mas também dizendo o que ela queria ouvir.

— Haverá uma nova adição à sua família que fará a diferença na sua vida. Mas sinto que você está exausta e precisa tirar um tempo para si mesma e se afastar.

— Você não sabe nem a metade, Hayley. Tivemos uma reunião todos os dias nas últimas duas semanas. Embora tenhamos feito uma pausa. Nós três fomos para a Escócia, para Amerston, a propriedade principal na quarta-feira passada por duas noites. — *Isso é irritante*, pensou Hayley. Isso significava que eles tinham um álibi para o momento em que a casa de Abigail foi invadida e a caldeira foi sabotada?

— Era o vigésimo aniversário da morte do irmão mais novo de Angus, Graham. Encontramos sua filha, Caroline, para visitar seu túmulo. Ele e sua esposa morreram em um acidente de barco. Foi uma tragédia terrível. Ela morou conosco depois disso. Ela e Charles são mais como irmão e irmã. Agora ela está morando em Londres, tentando ganhar a vida como atriz.

— Tenho a sensação de que ela será muito famosa um dia. Eu a teria visto em alguma coisa?

Helen deu de ombros.

— Ela esteve em algumas peças desconhecidas, mas nada importante. Mas ela é uma garota adorável. Todos nós gostamos muito dela.

— Ela vem hoje ou ainda está na Escócia? — perguntou Hayley.

— Não, ela foi embora quando saímos, mas acho que ela

não virá. Ela prefere Londres. E ela provavelmente se apresentará hoje à noite, sendo sábado. Ouso dizer que ela precisa do dinheiro. Custa muito alugar um apartamento em Londres.

Hayley não pôde deixar de sentir que os Hattons não eram bons em compartilhar seu dinheiro. Seu próprio filho, Charles, vivia no auge do luxo enquanto sua prima passava por dificuldades. Caroline tinha um motivo para ser amarga e estava tentando incriminar seus parentes ricos? Mas o que isso tinha a ver com Abigail? Provavelmente, a resposta era nada.

— Então, o que aconteceu com aquela sua costureira, Alison?

— Abigail. Não tenho certeza. Ela não parecia doente. Mas, às vezes, isso não é verdade. Angus ouviu isso de um dos funcionários. Acho que foi a Sra. Bittens, a governanta. Por sorte, ela já havia ajustado esse vestido, ou então temo pensar no que teria feito. Por que pergunta? — perguntou Helen desconfiada.

— Ah, por nada. Senti que alguém com o nome A estava tentando entrar em contato comigo, — ela mentiu.

— Bem, se ela entrar em contato, você poderia pedir a ela para recomendar alguém para fazer meus ajustes? — Hayley não tinha certeza se estava brincando. Ela certamente não parecia preocupada em ser acusada de seu assassinato se Abigail estivesse presente. Amenos que atuar fosse algo de sua família.

Hayley sentiu que não obteria mais informações de Lady Helen, então decidiu tentar encontrar Lorde Angus. Ela colocou a placa "Fui para o outro Reino. Volto logo".

Angus estava avaliando no Concurso do Cão mais Desgrenhado. Todos pareciam bastante sarnentos para Hayley, mas eram do melhor tipo. Um Jack Russell de pelos compridos com pernas curtas, orelhas enormes e uma cauda abanando e vacilante foi o vencedor. Ela se aproximou para coçá-lo atrás de suas amplas orelhas.

— Uma boa escolha, Angus.

— Já tive cinco Jack Russells. Todos eram bravos, mas leais. Eu sempre pensei que se eles fossem do mesmo tamanho que um pastor-alemão, todos nós estaríamos em apuros. Como foi a leitura do futuro?

— Recebi mais de £50 até agora. Neste momento está um pouco calmo, então pensei em fazer uma pausa. Lady Helen disse que você viajou para a Escócia na semana passada. Eu amo Edimburgo. Você estava em algum lugar perto de lá?

— Não, não estávamos. A propriedade que assumi quando meu pai morreu, há algumas décadas, fica em Highlands. Um lugar lindo – Amerston Manor. É muito isolado, então preferimos passar mais tempo aqui. Fora o Natal e o Ano Novo, é o melhor lugar do mundo para se estar. Tivemos que encurtar a viagem para voltar para a festa. Sempre há um ou outro comitê para participar. Eu queria ficar para uma partida de golfe, mas a chefe não permitiu – ela que deve ser obedecida. Ficamos apenas as duas noites. Charles ficou uma noite a mais. Ele tinha um compromisso com uma jovem lady ou com uma jovem fazendeira. Eu não estava prestando muita atenção. Tivemos que voltar para ter certeza de que o terreno estava pronto. Arthur, nosso jardineiro, está ficando um pouco cansado, então contratamos dois jovens para ajudá-lo. De qualquer forma, se você me der licença, agora é hora da Competição do Espantalho. Não há descanso para os ímpios. — *Quão ímpio?* Helen estava se perguntando.

Uma mulher se aproximou e sussurrou algo em seu ouvido. Angus franziu a testa.

— Com licença, Hayley, infelizmente há um garotinho

desaparecido. Tenho que fazer um anúncio no rádio. Dê uma olhada por aí. Os jardins são lindos nesta época do ano.

— Me avisa se tiver alguma coisa que eu possa fazer. Meu marido está de plantão no portão; você quer que eu o encontre?

— Não, obrigado. Vou cuidar de tudo. Tenho muitos funcionários aqui hoje, então tenho certeza de que conseguiremos encontrá-lo.

Hayley decidiu seguir seu conselho e olhar ao redor dos jardins. Ele estava certo; eles eram lindos. O que dizia sobre estar mais perto de Deus em um jardim do que em qualquer outro lugar?


Abigail, Betty e Terry ouviram falar da criança desaparecida enquanto procuravam Hayley.

— Temos um anúncio de criança perdida. Por favor, procurem Dexter Davis, 6 anos. Ele está vestindo uma camiseta vermelha e shorts azul. Se você o encontrar, por favor, leve-o para a tenda principal. Obrigado.

— Coitados dos pais, — disse Betty. — Eu perdi um dos meus à beira-mar uma vez, e foram os piores quinze minutos da minha vida. E as coisas não eram tão perigosas naquela época. Ele simplesmente se afastou e não pôde nos ver na praia. Ele ficou aterrorizado. Nós temos que ajudar. Talvez possamos ir a lugares que eles não podem.

— Boa ideia, Betty, — disse Abigail. Terry disse que iria dar uma olhada no rio. A água sempre foi um ímã para as crianças. Ele só esperava não estar falando com o pequeno Dexter em carne e osso, por assim dizer, em breve.

Havia dois meninos na margem do rio, mas Terry pôde ver imediatamente que nenhum deles era a criança. Eles pareciam ter cerca de doze anos e estavam vestidos com roupas de um século atrás. Com eles estava uma mulher de mais idade, vestindo calça azul-marinho e tênis branco. Eles estavam parados na margem, perto de uma pequena construção de madeira – uma espécie de casa de veraneio, imaginou ele.

— Consegue nos ver? — perguntou a mulher. Esta era geralmente a primeira coisa que eles diziam a ele.

— Sim, posso ver todos vocês. Sou Terry. Posso fazer alguma coisa por vocês?

— Prazer em conhecê-lo, Terry. Sou Georgina, e estes são Albert e Lenny. Se você puder nos dizer onde estão os pais desses pobres meninos, nós realmente agradeceríamos.

— Receio que não. Na verdade, estou procurando alguém. Um garotinho de seis anos chamado Dexter desapareceu. Suponho que você não o tenha visto, não é?

— Não, não vi. E vocês, garotos? Vocês viram Dexter por aqui?

O mais alto respondeu.

— Vi muitas famílias, mas nenhum menino sozinho. Nós o teríamos impedido. Sabendo o que sabemos agora. Lenny caiu e eu tentei salvá-lo. Eu não consegui.

— Sinto muito. Há quanto tempo vocês estão aqui?

— Não sei. Há muito tempo.

— Vocês gostariam de ajuda para seguir em frente? Conheço alguém que poderia ajudar se vocês quiserem.

Georgina respondeu por todas eles.

— Não, obrigada, Terry. Vamos esperar um pouco mais para ver se alguém vem atrás dos meninos. Suponho que você não tenha visto minha filha, não é? Ela tem cerca de cinco anos, mas pode ser um pouco mais velha agora. Não posso ir sem vê-la pela última vez.

— Não que eu saiba, mas vou ficar de olho.

— Obrigada. Estamos bem, sabe. É um lugar adorável, então não se preocupe conosco. Vamos ficar de olho no seu garotinho.

Lenny e Albert o impedirão se ele chegar muito perto da água. Por favor, visite novamente, Terry. Pode ser um pouco solitário.

Terry prometeu que faria isso e os deixou sentados na margem do rio. Por mais que ele tivesse gostado, ele não poderia ajudar a todos. Ele continuou andando rio abaixo, mas Dexter não estava à vista. Assim que chegou à curva do rio, ele se virou e foi encontrar os outros.

Betty e Abigail olharam para as crianças orgulhosamente mostrando seus espantalhos aos juízes, mas não conseguiram vê-lo em lugar algum. Toda vez que viam uma cabeça pequena, corriam, mas nenhum deles era Dexter.

Eles avistaram Suzie, que ainda estava com os pôneis. Ela estava acariciando o pescoço do menor, e ele estava amando a atenção. Pelo jeito que ele estava se aconchegando nela, era óbvio que ele podia vê-la.

Abigail a chamou.

— Suzie, você viu um garotinho por aí? Ele está vestindo uma blusa vermelha e shorts azuis.

— Ele esteve aqui mais cedo. Chegou muito perto dos pôneis, então sua mãe disse para ele sair. A última vez que vi, ele estava ali perto dos fardos de feno. Ele estava tentando escalá-los. Não sei para onde ele foi depois disso.

— Você é mais jovem do que nós, suba e veja se ele caiu atrás deles ou algo assim, por favor.

Eles ficaram muito felizes quando Suzie lhes disse que Dexter Davis estava encolhido no topo dos fardos, tirando seu cochilo da hora do almoço, sem se preocupar com nada. Todos se separaram para encontrar Hayley. Betty ficou tão satisfeita quando finalmente a encontrou perto da fonte.

— Hayley, ótimas notícias, encontramos o menino

desaparecido. Finja que teve uma visão ou algo assim. Ele está perto dos cavalos em cima dos fardos de feno.

— Isso é fantástico, até eu estava começando a me preocupar. De certa forma, suponho que estou fazendo isso espiritualmente. Mas não posso deixar de me sentir uma espécie de vigarista enquanto vocês fazem todo o trabalho. Vou te dizer uma coisa, Tom está de plantão no portão. Vou chamá-lo. Espero que ele já esteja procurando por ele de qualquer maneira.

Cinco minutos depois, o policial Tom Bennett foi um herói por salvar o dia. Um anúncio foi feito no alto-falante por Lorde Angus. Os pais e os Hattons não podiam agradecer o suficiente. *Talvez essa coisa sobrenatural não fosse tão ruim,* pensou o jovem policial.

Assim que Betty voltou com Hayley, os investigadores se sentaram na grama ao sol e se atualizaram sobre o que descobriram. Hayley contou aos outros o que havia descoberto com os Hattons e o fato de que todos tinham um álibi nos dias importantes. É claro que Tom teria que verificar com a equipe da Mansão Amerston e com a prima de Charles, Caroline, mas ela tinha a sensação de que eles realmente estavam na Escócia.

— Agora, Caroline é uma Hatton, mas ela definitivamente não é rica como eles. Eles também não parecem apoiá-la, mesmo que seus pais estejam mortos.

Abigail concordou.

— Eu disse exatamente isso. Eles são definitivamente econômicos. Nunca recebi uma gorjeta deles. Certa vez, fiz um trabalho para ela no mesmo dia porque ela estava indo para Royal Ascot, mas não ganhei nem um centavo a mais. Mas a culpa foi minha, eu deveria ter cobrado o dobro dela.

— É por isso que os ricos são ricos; eles nunca dão dinheiro sem querer. — Betty apontou enquanto os outros sorriam.

Eles, por sua vez, contaram a Hayley o que tinham visto no

quarto e a teoria dos ruivos, mas estavam achando difícil encontrar um motivo. Eles descreveram a foto do barco e a da igreja. Betty contou a ela sobre a pintura e sua ideia de um roubo de arte. Mas tudo parecia um pouco ridículo enquanto diziam isso. Talvez fossem simplesmente Aaron e Monica. Isso fazia muito mais sentido. A ganância era o motivo mais provável; todos concordaram. Betty disse que deveria seguir Nathan Hill por um tempo.

— Ele parece ser um pouco estranho!

Hayley riu.

— Na sua idade, Betty. Escute, por que não faço uma visita a ele na segunda-feira? Eu poderia dizer que quero fazer um investimento ou escrever um testamento ou algo assim.

Abigail achou que era uma ótima ideia.

— Digamos que você tenha recebido algum dinheiro de uma tia ou algo assim e queira ganhar um pouco de dinheiro com ele. Ele tem um escritório elegante em Gorebridge.

— Se ele é culpado do assassinato dela e até do de Andrew, tenha cuidado com o que você diz. Não queremos outra morte, — insistiu Terry.

— Eu vou, não se preocupa. E não contarei ao Tom. Ele também me mataria. Acho que devo fazer uma visita a Aaron também.

Abigail franziu a testa.

— Por que você não vai quando ele está no trabalho e vê a Monica quando ela está sozinha? É mais provável que ela esteja interessada no paranormal e, sem dúvida, gostaria de uma leitura gratuita. Talvez você seja capaz de descobrir algo. Eu poderia encontrá-la lá se quiser.

Hayley balançou a cabeça e riu.

— Com certeza, não. Tudo o que eu perceberia é seu ódio por ela. E você nunca seria capaz de ficar quieta por tempo suficiente para eu falar com ela, muito menos avaliar seus verdadeiros sentimentos. Desculpe, querida.

— Você provavelmente está certa; eu nunca seria capaz de manter minha boca fechada, e eu acho que sou um pouco tendenciosa. — Abigail estava começando a duvidar de si mesma. Ainda assim, poderia ser literalmente qualquer pessoa. Ela estava quase começando a se perguntar se havia desligado os alarmes porque eles precisavam de pilhas. E até mesmo os pássaros se apegaram a ela e fizeram um ninho para acabar com ela? Não. Ela podia ver os detectores instalados ali. Ela se lembrou de pensar que deveria realmente limpar o que estava no topo da escada. As tarefas domésticas eram sempre algo do tipo "amanhã eu faço isso". Não há mais amanhãs agora. Bem, chega de tirar o pó e aspirar. Os Hattons poderiam ter contratado alguém, mas eles iriam querer a chance de serem chantageados? Angus era um magistrado, então ele definitivamente conheceria o tipo certo de pessoa para fazer isso. Ele poderia tê-lo liberado como pagamento. Mas ela simplesmente não via isso. E a própria Hayley não teve a sensação de ter encontrado um assassino quando estava falando com eles.

Abigail suspirou e se levantou.

— Cansei disso. Nós chegamos a um beco sem saída – literalmente, na verdade. Vamos aproveitar o dia enquanto estamos aqui. Morris Dancers vai começar em breve. Agradeço a ajuda de todos. Mas precisamos esquecer de mim por um tempo. — Terry achou que isso mudaria tudo. — E prometi a Jim que o ajudaria a descobrir quem o esfaqueou. Sabe onde ele morava, Terry?

— Não, infelizmente não.Mas é uma boa ideia. Tenho pensado que seu cadáver pode estar lá.

— Eu sei onde está, — disse Betty. — Ele disse que morava

em um apartamento com vista para o parque. Número dez, eu acho. Devemos ir buscá-lo? Onde ele está, alguém sabe?

Suzie deu uma risadinha.

— Eu sei. Ele estava com a Lillian, e eles estavam se divertindo e sendo muito amigáveis. Acho que estão se apaixonando.

— Isso é possível? — perguntou Abigail com uma nova esperança. Talvez ela pudesse voltar a namorar. Na idade dela, todos os homens bons costumavam ser casados, e agora, conhecendo sua sorte, todos os homens bons haviam passado para o outro lado.

— Não vejo por que não, — respondeu Betty.

— Vamos deixar os dois pombinhos à vontade, então. Pelo menos temos uma pista agora. Na segunda-feira, eu, Suzie e Terry iremos ao apartamento de Jim para dar uma olhada por aí. Sem o Jim, no entanto, apenas no caso de Terry estar certo, e seu corpo estar lá. Acho que não devemos nem dizer a ele que estamos indo. E Hayley vai ver Nathan Hill e Monica. Então todos nos encontraremos na biblioteca à tarde para ver o que descobrimos.

Hayley também se levantou.

— Vou voltar para fazer minha parte para a caridade, — disse ela. — Mantenham-me informada, por favor. Vejo vocês mais tarde. Desejem-me sorte. Sinto que a Maravilhosa Hayley Moon vai estar muito ocupada!

# Capítulo Nove

Jéssica acordou pela terceira vez. Desta vez, ela não teve escolha a não ser usar o balde. Ela não tinha ideia de quanto tempo estava entrando e saindo da consciência. Agora ela estava sentindo menos sinais de estar drogada, era a fome que a estava deixando tonta, então ela decidiu comer um dos biscoitos. Eles estavam em um pacote lacrado, portanto, com sorte, não havia drogas neles. Ela se comprometeu a não beber a água. Ela precisava se concentrar, por mais sedenta que estivesse. Se havia uma chance de escapar, ela tinha que aproveitá-la. O céu estava em um lindo azul agora. Isso significava que era outro dia, ou o tempo melhorou? Há quanto tempo ela estava lá? Ela deveria ter ido à feira no salão no fim de semana. Era hoje, ela se perguntou?

A primeira coisa que ela queria fazer era verificar a porta. Ela moveu uma perna lentamente sobre a borda da cama e a abaixou até o chão. A estrutura de metal rangeu e ela parou abruptamente, mas precisava tentar sair de lá antes que alguém voltasse. Ela ainda estava com as botas, então as tirou e se arrastou até a porta. Não havia carpete, apenas tábuas velhas no piso, e ela não queria fazer barulho, caso alguém estivesse ouvindo o que estava acontecendo lá embaixo, esperando que ela acordasse. Seu coração batia forte quando ela lentamente girou a maçaneta de latão. Rangeu, e ela parou por um segundo. Foi só quando ela percebeu que não estava abrindo que se esqueceu de ficar quieta e começou a bater na porta.

— Deixe-me sair. Alguém me ajuda! — Uma ordem no início, mas depois um apelo quando as lágrimas começaram a cair. Jéssica nunca tinha sido claustrofóbica em sua vida, mas as paredes pareciam estar se fechando sobre ela. Ela procurou ao redor delas para ver se havia algum ponto vulnerável, mas tudo parecia sólido.

A próxima coisa que ela fez foi ficar na cama para tentar alcançar a janelinha. Ela só conseguia tocá-la com as pontas dos dedos, então ela foi e pegou a cadeira de madeira. Ficou muito instável, mas ela conseguiu se equilibrar e se firmar contra o teto. Estava fechada com pregos e parecia que não era aberta há anos, se é que alguma vez foi. Muitas camadas de tinta também selaram seu destino. Daquele ângulo, tudo o que ela podia ver era o cume de algumas árvores à sua esquerda. Ela tentou ouvir algo. Nada. Onde ela morava, nunca era tão tranquilo. Mesmo à noite, podia ouvir o tráfego. Ela teve o pensamento arrepiante de que estava no meio do nada.

Agora que Jessica estava pensando com um pouco mais de clareza do que antes, ela se deitou e tentou se concentrar no que havia acontecido no pub. Sim, seu nome era Robin. Ela pensou que ele deveria ser legal com um nome assim. Ela adorava tordos*. Ela estava conversando com ele há um tempo online. Ela não conseguia pensar em quem havia sugerido o encontro no Greyhound, mas ela tinha seguido em frente. Ele havia lhe comprado um vinho, disso ela se lembrava, mas e

---

* Tordo em inglês é robin.

depois? Ela tinha a sensação de que havia dito a ele que trabalhava em um escritório, fazendo reservas para o parque para caravanas de férias por telefone. Ele perguntou se ela conseguia um desconto. Ele havia dito em seus e-mails que administrava seu próprio negócio. O que era? Ele me disse no pub. O que diabos era? Oh, meu Deus, ela se lembrou, ele fazia controle de pragas. Ele pegava ratos, camundongos e esquilos. Não apenas os pegava, ele os matava. Parecia que ele gostava um pouco demais de seu trabalho. Em um fim de semana, ele passou a noite na fazenda de um amigo atirando em raposas com sua espingarda. Elas eram assassinas cruéis, ele havia dito, enquanto atacavam o gado. Foi nessa época que ela começou a ter vibrações de assassino em série. O que diabos ela estava fazendo com ele? Ela tinha dois gatos e doava para três instituições de caridade para animais todos os meses. Como ela poderia sair dessa? De repente, tudo ficou muito estranho. Foi quando ele a sequestrou?

Ela não achava que foi ele. Na verdade, ela não precisava se preocupar. Foi ele quem encerrou a noite e disse que tinha que ir. Ela pensou no choque do momento. Mas ela ficou muito feliz quando ele foi embora.

Então não foi ele. Uma espécie de sorte, ela supôs. Ele havia oferecido a ela uma carona para casa. Mas ela aceitou? Droga. Ela não conseguia se lembrar. Deve ter sido ele. Mas não, ela não aceitou a carona dele. Na época, ela pensou: "Não vou entrar em um carro com ele de jeito nenhum". Ela o viu sair pela porta dos fundos e ainda estava sentada em sua cadeira. Ele até se virou para dar tchau com um aceno. Ah, sim, foi então que ela notou o cara gostoso no bar.


Como ela pôde tê-lo esquecido? Ele se virou e a viu olhando. O bar estava cheio, então ele veio se sentar na única cadeira vazia.

Ela não podia acreditar em sua sorte. Ele usava um terno de aparência muito cara, cortado com perfeição. E sapatos marrons brilhantes. Ele se certificou de que seu grande relógio Rolex dourado estivesse em exibição. Mamãe o teria adorado assim que o visse. Até seu nome era elegante – Miles. E com um sotaque muito bonito. Ele trabalhava em Londres – em finanças, ele havia dito. Ele tinha aquele tipo de corte de cabelo bagunçado que custava uma fortuna e muito tempo para ser feito. *Provavelmente dirige um Mercedes*, ela pensou. Ela começou a imaginar apresentá-lo aos amigos. Até mesmo seus pais desta vez. Eles ficariam bem impressionados. "Isso vai impressionar a tia Tracy," eles diriam. O homem mais perfeito de todos os tempos! Ele bebeu gim e tônica, é claro. O que foi que ele disse? "Eu costumava beber champanhe, mas tive uma ressaca muito desagradável depois de uma festa no escritório. Então agora eu fico com gim ou coquetéis. E não se deve ficar de ressaca com champanhe, mas eu fiquei." Então ele disse para experimentar um.

Ele caminhou até a mesa com dois grandes copos de gim e tônica na mão, ela se lembrou disso. Sua mão tremeu ligeiramente quando ela levou o copo aos lábios. Ele estava olhando para ver se ela gostava. Ou para ter certeza de que ela tomasse um pouco, em retrospectiva. Ótimo, ela disse. O fato de ser um pouco amargo, ela manteve para si mesma e pensou que preferia ficar com seu vinho, muito obrigado. Ela pensou que talvez tenha sido o limão que ela viu flutuando nele. Ela pode tentar um com apenas gelo da próxima vez. Eca, tinha um gosto horrível. O que aconteceu depois disso? Estava um pouco confuso. O braço dele em volta dos ombros dela – segurando-a. Um passeio de carro? Por que eu estava deitada? Essa foi sua última lembrança. Olhando para cima enquanto as luzes brilhantes dos postes de luz passavam.

— Idiota. Quantas vezes já me disseram para não tomar

bebidas, caso elas fossem adulteradas! Eu mesma alertei as pessoas, pelo amor de Deus. Só porque ele parecia ter dinheiro e era lindo, isso foi por água abaixo. Aquele desgraçado. Eu teria ficado melhor com Robin. Eu deveria me desculpar com ele. Nunca julgue um livro pela capa, era o que mamãe sempre dizia.

Ela tentava imaginar se alguém sentiria sua falta e chamaria a polícia. Jessica dividia uma casa com outras quatro garotas da mesma idade. Elas pensariam que ela tinha ido para a casa da mãe. Sua mãe pensaria que ela simplesmente não havia telefonado, como de costume. "Você nunca liga para saber como o seu pai está. Sua irmã liga todos os dias." Bem, Holly nunca me liga, então ela não serve como exemplo.

— É claro que sabem, — disse a si mesma em voz alta. Na verdade, ela estaria em todos os jornais e notícias – na primeira página e na TV. Atualmente, ela está famosa. "Jessica Green foi sequestrada. Por favor, procurem a bela morena de 22 anos. Vista pela última vez vestindo um casaco azul com um homem bonito vestido com um terno cinza e sapatos marrons, em um pub na área de Becklesfield. Uma recompensa é oferecida."

Provavelmente todos gostariam de entrevistá-la quando a encontrassem.

— Se eles me encontrarem? Eu poderia ficar aqui por toda a eternidade, e não apenas isso, eles poderiam pensar que eu tinha acabado de fugir, como fiz quando tinha doze anos.

Ela não podia simplesmente ficar sentada, então ela olhou em volta. Ela ficou satisfeita em encontrar um interruptor de luz, pois não tinha ideia da hora, e pode escurecer em breve. Jessica precisava da luz, não apenas porque era cem vezes mais assustador no escuro, mas também porque alguém poderia vê-la enquanto passavam. Só porque ela não tinha ouvido um carro não significava que não havia ninguém por perto.

— Pense, Jessica, o que mais pode fazer? — Ela estava com

medo do que seu sequestrador poderia dizer, mas decidiu quebrar a janela. Era muito pequena para ela sair, mas alguém poderia ouvi-la gritar. Além disso, um vizinho pode pensar que houve um arrombamento. Ela tentou quebrá-la jogando uma bota nela. Mas ela simplesmente ricocheteou. A cadeira funcionou. Direto. Infelizmente, caiu vidro por toda a cama. Ela tinha uma missão agora. Ela estaria pronta para ele. Ela encontrou os dois maiores e mais mortais cacos de vidro e os colocou debaixo do travesseiro. Isso daria uma boa entrevista no noticiário da manhã da BBC. Ela pegou o casaco e jogou o resto do vidro contra a parede e no chão para que ele não o visse. Ela se deitou exausta, mas um pouco mais otimista. Então ela teve uma ideia de jogar a bota pela janela. Ela fez isso no primeiro arremesso. Ela estava no time de netball, ela diria ao entrevistador. Ela não tinha ideia se havia caído no chão ou ficado no telhado, mas não ouviu um baque. Além disso, se sua bota caísse na calçada ou em algum lugar, eles saberiam. "Jessica Green foi vista pela última vez vestindo um casaco azul e botas pretas na altura do tornozelo". Ela gritou por ajuda cerca de vinte vezes, mas desistiu. Estava tão silencioso quanto um túmulo.

Ela tirou o fragmento de 15 centímetros de debaixo do travesseiro. Ela quase desejou que Miles voltasse; ela estava pronta. Ela estava com tanta sede, mas não se atreveu a beber nada da água. Nem mesmo da outra garrafa. Ela tinha que estar acordada quando ele abrisse a porta. Ela não daria a ele a chance de entrar no quarto, e ela passou por isso em sua mente. Esfaqueie e empurre, depois corra rapidamente. Soaria tão bem em um daqueles documentários da vida real, disse a si mesma. Ela tinha que ser encontrada e estar viva para ser famosa. Ela se contentaria com um abraço da mãe agora. A mãe e o pai dela devem estar tão chateados. Eles terão telefonado para todas as minhas amigas, e mamãe estará chorando muito. O trabalho já terá sido entrevistado. Dizendo o quanto ela era valorizada como trabalhadora.

Ela fechou os olhos e se perguntou qual foto mamãe teria dado à polícia para encontrá-la e à imprensa para as primeiras páginas. Ela só esperava que fosse aquela tirada em seu vigésimo primeiro aniversário, onde ela estava sorrindo e vestia seu lindo vestido preto e branco.

Em uma casa popular nos arredores de Gorebridge, o Sr. Green perguntou à sua esposa:

— Você teve notícias de nossa Jessica?

— Nada. Ela pode ser tão egoísta, diferente da Holly. Ela sempre liga para saber como estamos. Estou tentando lembrar quando foi a última vez que a vimos. Provavelmente, está se divertindo hoje na feira com todas as amigas.

— Deve ter sido há um mês. Não estou correndo atrás dela. Ela vai ligar quando quiser alguma coisa, ouso dizer.

Do outro lado da cidade, uma de suas colegas de quarto estava comentando que Jessica tinha saído e não tinha lavado a louça antes de ir embora. Típico, todas concordaram. Ela não estava atendendo ao telefone. Esse é o problema com Jessica; ela nunca pensa em ninguém além de si mesma.

No Hope Bay Holidays, um supervisor estava dizendo a uma das meninas que Jessica Green havia tido sua última chance. Ela já havia se passado de doente muitas vezes. Ele mandaria um e-mail para ela –estava demitida.

## Capítulo Dez

E ra uma coisa boa que o trio fantasmagórico de Abigail, Terry e Suzie pudesse entrar pela porta da frente do apartamento de Jim, pois o outro lado estava coberto com um monte de cartas, contas e papéis. Ninguém tinha sentido falta dele ainda, ao que parece. Terry não pôde deixar de pensar que, em sua época, isso não teria acontecido. Uma garrafa de leite extra do lado de fora e os vizinhos, ou o próprio leiteiro, teriam começado a se preocupar. Os supermercados tinham muito a dizer. Todos entraram devagar, com medo de ver um Jim morto deitado em uma poça de sangue. Nada no corredor, pelo menos.

Uma vez dentro do apartamento, ele era muito menor do que eles esperavam e, na verdade, muito mais desarrumado. Jim obviamente não tinha orgulho da casa. Todos os móveis pareciam velhos, e as almofadas e os apoios do sofá estavam bem gastos. A televisão na parede era a única coisa que parecia ter custado muito.

Abigail não conhecia Jim tão bem quanto os outros, então perguntou:

— O Jim morava sozinho? Pelo que vejo, parece que sim. Definitivamente, está faltando um toque feminino aqui.

Terry sabia um pouco mais.

— Ele era divorciado e sua esposa ainda mora na casa deles. É do outro lado de Gorebridge, eu acho. Que eu saiba, não há filhos. Ele nunca falou sobre visitá-la, então talvez eles tenham se distanciado. Parece que ele teve um acordo injusto, se esse apartamento for algo a se considerar.

— Você não está brincando. Parece que foi em dias mais felizes. — Abigail apontou uma fotografia emoldurada na parede de uma menina e um menino. Mostrava um jovem Jim e sua irmã mais velha em um parque de diversões. Eles eram muito parecidos e tinham cerca de nove ou dez anos. Por que sua irmã não percebeu que ele estava desaparecido? Talvez eles também tenham se distanciado. Eles precisariam falar com ela e com a ex-mulher assim que iniciassem sua investigação em um futuro próximo. A fotografia deles era a única coisa que era pessoal, além de uma pilha de correspondência fechada sobre a mesa. Pelo menos não havia nenhum corpo no apartamento. Um Respirador teria sido capaz de sentir o cheiro se houvesse, contou Terry a eles.

O quarto não estava mais arrumado. A cama estava cheia de roupas, como se ele tivesse saído com pressa.

— Ele foi roubado ou é sempre assim? — perguntou Abigail. — Não se esqueça de que ele disse que é pago principalmente em dinheiro, portanto, deve haver algum dinheiro aqui em algum lugar ou talvez seja isso que eles estavam procurando. E procure o celular e as chaves do carro dele. — Abigail pediu a Suzie, pois ela era a única Transportadora, para dar uma boa olhada por aí. Levou toda a sua energia, mas ela conseguiu revistar suas gavetas e armários. Ela até verificou na geladeira e no freezer. Não havia muita comida, e a única coisa na geladeira eram latas de cerveja. Todos sentiram muita pena de

Jim. Ele era um homem tão bom, e tudo o que tinham visto até agora era o quão solitário ele estava. Pelo menos ele tinha uma chance de felicidade com Lillian.

— Olhe para isso, — disse Terry. — Sendo um homem, agora posso entender Jim e suas tarefas domésticas. Quando se mora sozinho, não há ninguém para arrumar a casa ou para pressioná-lo a fazer isso. Por isso, eu me pergunto por que alguém que provavelmente não sabe cozinhar um ovo teria um recipiente de cerâmica para farinha? Consegue vê-lo assando um bolo ou panquecas?

— É isso, Terry. Ainda faremos de você uma Jessica Fletcher.

Suzie conseguiu tirar a tampa e despejou um rolo de notas.

— Você estava certo. Deve ser sua poupança, abençoado seja. Para que possamos descartar roubo.

— A menos que os ladrões não fossem tão bons quanto nós. É melhor deixarmos isso aí para a polícia, se eles descobrirem sobre ele. Tenho que me lembrar de dizer à Hayley que o Tom deveria dar algumas dicas sobre o Jim. Ele poderia ter pegado ladrões, mas temos o suficiente no nosso prato no momento. Prometo ao Jim que solucionaremos o assassinato dele quando solucionarmos o meu. Se alguma vez fizermos isso. Mas sinto que estamos nos aproximando. Eu tenho essa sensação incômoda de que já vi algo importante. Preciso pensar, então vamos voltar para a biblioteca logo.

O estacionamento sempre foi um problema no centro da cidade de Gorebridge, mas a Hill & Stonehouse – Chartered Accountants tinha seu próprio estacionamento nos fundos. Hayley se apresentou à recepcionista modelo.

— Bom dia. Hayley Bennett. Eu tenho um compromisso com o Sr. Hill às dez horas.

— Você pode subir direto. É a primeira porta à esquerda. Ele está esperando por você.

Nathan Hill era realmente um homem muito bonito, pensou Hayley. Mas, de certa forma, isso o fez parecer ainda mais suspeito. Ele tinha a aparência de um homem que havia conseguido tudo o que queria na vida – aparência, inteligência e, provavelmente, sorte. Se ele sempre conseguiu o que queria na vida, talvez isso fosse suficiente para revidar a alguém que tentasse impedi-lo.

— Sente-se, Sra. Bennett. Posso te servir um café ou algo assim?

— Não, obrigada. Estou bem.

— O que posso fazer por você? — disse ele com um sorriso. Hayley quase esqueceu o que deveria ter dito.

— Eu gostaria de fazer um testamento. Recebi uma herança de uma velha tia e preciso fazer algo com ela. Pode muito bem estar ganhando rendimentos.

— Estamos falando de quanto?

— Cerca de cinquenta mil, — Hayley mentiu.

— Sorte sua. Sim, isso é demais para simplesmente deixá-lo parado. — Hayley mal ouviu quando ele continuou a lhe falar sobre várias ações, quotas e títulos. Ela se lembrava de acenar com a cabeça de vez em quando.

— Eu precisaria discutir isso com meu marido.

— Ele será o principal beneficiário do seu testamento? Se houver propriedade e filhos envolvidos, precisaremos marcar outro horário.

— Sem filhos, mas somos donos de nossa casa. Quero que Tom faça seu testamento também. Encontrei recentemente uma amiga minha – Tania Ashwin. Foi muito triste. Seu marido cometeu suicídio e a deixou em uma situação terrível. Todo o dinheiro deles havia sumido. Já ouviu falar dele? Estava no jornal.

— Ashwin? Não. Não, eu não acho que vi. Que triste. — Hayley notou que ele esfregou o nariz, um sinal claro de mentira.

— Ele deveria ter vindo até você, — disse ela, sorrindo. — Não só isso, estou começando a me sentir um pouco mortal ultimamente, porque outra dos meus amigos faleceu recentemente. Ela era minha costureira – Abigail Summers.

— Oh, meu Deus. Parece que a senhora não tem muita sorte, Sra. Bennett. Talvez você não deva se tornar uma dos meus clientes. — Parecia uma ligeira ameaça em sua voz, Hayley pensou. E ele não admitiu conhecer Abigail. Isso era muito estranho se ele fosse inocente. — Pegue esses folhetos e pense sobre isso e, em seguida, marque um horário para fazer um testamento, além de movimentar o dinheiro. Talvez seu marido possa vir ao mesmo tempo. O que seu marido faz?

— Ele é um jardineiro. — Hayley não era uma mentirosa muito boa na melhor das hipóteses e quase esfregou o nariz também e se perguntou se ela havia ficado vermelha. Ela se levantou muito abruptamente e disse: — Muito obrigada, Sr. Hill. Você me deu muito o que pensar. Vou marcar um horário para a próxima semana.

Nathan Hill sorriu, mas não acreditou por um segundo. Quem diabos era ela? Depois que ela saiu, ele olhou pela janela para o estacionamento e anotou o carro e a placa – um mini vermelho, EP03 VYN. Por precaução, ele disse a si mesmo.

Meia hora depois, Monica também estava se perguntando quem diabos era essa mulher. Hayley apareceu na porta e passou descaradamente por ela.

— Desculpe-me por aparecer assim, mas tive que prestar minhas últimas condolências a alguém. Você é parente da Abigail?

— Monica, sobrinha dela. E quem é você? Estou muito triste para ver alguém, se você não se importar de ir. Nós dois estamos completamente arrasados.

Sim, certo, pensou Hayley.

— Abigail era uma amiga querida e eu era sua médium. Eu a avisei que algo estava prestes a acontecer, mas ela não me ouviu. Se ao menos ela tivesse, — ela mentiu.

Monica imediatamente pareceu interessada e disse que poderia se sentar.

— Você realmente fez isso? Eu amo qualquer coisa que tenha a ver com o sobrenatural. Sou uma verdadeira crente. E não me faça falar de OVNIs. Tenho certeza de que vi um disco voador uma vez. Meu marido disse que era um balão, é claro. Mas os balões não avançam e, de repente, disparam, não é mesmo? Eu adoraria fazer uma leitura um dia, se não for muito caro. Você sente algo sobre mim?

— Sinto que a letra A é importante para você. Mas isso pode significar Abigail.

Os olhos de Monica se arregalaram.

— Não! O nome do meu marido é Aaron. Você sente alguém nesta sala? Às vezes fica frio aqui. Espero que não seja o fantasma de Abigail. Espero que ela não se ressinta de nos mudarmos. Ela morreu lá em cima, sabe.

— Ela ainda pode vir às vezes. Esta foi sua casa por toda a sua vida e ela adorava aqui. Sinto que este vaso é importante para ela.

— Eu disse a Aaron que não fui eu! Uma vez ele caiu sozinho. Eu sabia que era ela. O que ela está tentando nos dizer?

Hayley fechou os olhos teatralmente e ergueu as mãos.

— Ela está aqui agora e quer descobrir como morreu. Ela está dizendo que estava na cama e então não conseguia respirar e não sabe o porquê.

— Oh, meu Deus, ela morreu de envenenamento por monóxido de carbono. Diga a ela que foi um acidente. Até a polícia diz que foi. Nada a ver conosco.

— O que é, Abigail? Ela disse: "Como você sabe que não foi seu marido?" ... É mesmo? Ela disse que alguém tirou os detectores.

— Meu Deus, nós nem sabíamos disso. E Aaron pode ser irritante e ficar falando sobre as coisas, mas ele é um covarde e de forma alguma viveria nesta casa se a tivesse matado. Sou eu quem tem que me livrar das aranhas. Não só isso, estávamos juntos praticamente o tempo todo quando isso aconteceu. E era a irmã do pai dele. Ele tomaria a casa dela, mas não a vida dela. Certifique-se de que Abigail acredite em mim, por favor.

— Ela acredita. Não se preocupe, ela acredita em você.

— Graças a Deus por isso. E diga a ela para não voltar, por favor. Eu tenho arrepios só de pensar sobre isso.

— Desculpe, não posso prometer isso. Ela sente que ainda tem o direito de estar aqui. Mas vou pedir a ela que não o faça.

— Eu realmente agradeceria, obrigada. Você tem mais alguma coisa que possa me dizer?

Monica ficou chocada ao ouvir o que ela disse. Hayley teve a visão de um quarto de bebê no andar de cima.

— Você vai ter uma garotinha no ano novo. — Mas a próxima coisa que ela inventou na esperança de que fosse verdade, — E você a chamará de Abigail.


Jim e Lillian chegaram à biblioteca logo após Hayley. Eles estavam de mãos dadas, e Betty disse o que todos estavam pensando:

— Ah, amor jovem. — Suzie e Terry trocaram um olhar feliz.

Ambos pareciam um pouco envergonhados e se soltaram, mas se sentaram um ao lado do outro.

— Vocês chegaram bem a tempo, — começou Abigail. — Hayley vai nos contar o que aconteceu quando ela foi ver Nathan Hill. O que você achou dele, Hayley?

— Lindo, obviamente. Mas eu não gostei nada dele. Com certeza, não é confiável. Eu mencionei Andrew Ashwin e você, Abigail, e ele negou conhecer qualquer um de vocês.

— Que falta de educação! Bem, isso é um ponto contra ele, com certeza, — disse Abigail. Terry sorriu e pensou que gostaria de Nathan.

Betty acrescentou:

— Isso é engraçado. Por que alguém negaria conhecê-lo? E sabemos que ele aconselhou Andrew Ashwin. Ele está escondendo algo.

Hayley estufou as bochechas.

— Sim, ele é nojento, mentiroso e astuto, com certeza, mas não tenho a sensação de que ele seja um assassino. Ele ficou muito desconfiado de mim quando perguntei a ele sobre você. Eu não gostaria de esbarrar nele em uma noite escura.

— Eu gostaria, — disse Betty, com um brilho nos olhos.

— Betty! Comporte-se, — Hayley riu.

— Mas ainda acho que é possível que seja ele. Ele tem um motivo para ambos. Se ele matou Ashwin, ou o forçou a se matar, você pode ter sido a única pessoa a saber da conexão, — disse Jim.

— Eu concordo, — acrescentou Lillian e pegou sua mão novamente. — Com todo o dinheiro e títulos deles, os Hattons não precisam matar ninguém. É muito mais provável que seja ele, como Jim disse.

Abigail olhou para Jim e disse:

— Espero que você não se importe, mas paramos no seu apartamento mais cedo. Terry teve uma ideia de que seu corpo ainda poderia estar no apartamento, mas não estava. Não queríamos que você estivesse lá caso fosse. Eu sei o quanto dói voltar para suas antigas assombrações, se você desculpar o trocadilho. — Terry balançou a cabeça para outra de suas piadas. — Sinto muito, Jim. Com certeza descobriremos o que aconteceu com você depois que minha bagunça estiver resolvida, — prometeu Abigail.

— Fico grato por vocês terem ido ver. Por algum motivo, tenho uma sensação horrível de pavor toda vez que penso no meu apartamento. Mas não se preocupe. Vamos nos concentrar em você por enquanto. — *Como de costume*, Terry pensou e revirou os olhos.

Betty bateu palmas.

— Então, quais são as pistas?

— Sabemos que alguém entrou na minha casa em plena luz do dia, — disse Abigail. — Gwen, que mora na casa ao lado, viu um jovem de boné e macacão indo até a minha casa. Portanto, isso coloca os homens e meu sobrinho, Aaron, em evidência. Mas quando você pensa nisso, isso não significa que não foi uma mulher ou qualquer outra pessoa por trás disso. Ele poderia ter sido contratado por qualquer um deles para me matar.

— As pessoas fazem qualquer coisa por um maço de dinheiro hoje em dia, — disse Jim. Lillian concordou ao ver o pior que um homem poderia fazer um ao outro na sala de emergência do hospital.

— Olhe o que alguém fez com você, Jim, — disse Betty. — Um jovem trabalhador, apenas tentando fazer o seu caminho na vida.

Abigail parecia pensativa.

— Isso é verdade. Eles poderiam estar atrás do seu carro, Jim? Talvez um roubo de carro?

— Não. Eu só tenho uma van velha. Então esse definitivamente não era o motivo.

— Vamos investigar isso em breve, Jim, eu prometo, não vamos? — Betty disse, olhando em volta para todos eles.

— Vou ter uma conversa com Tom também. Ele pode ter ouvido alguma coisa, Jim. Desculpe, Abi, onde estávamos?

Abigail fechou os olhos e se concentrou com força.

— Ainda estou pensando em Nathan Hill. Ele entrou em pânico quando soube que Andrew Ashwin havia se matado? Talvez, mas por que ele arriscaria todas as coisas boas da vida? Ele ganhou dinheiro sendo implacável, então ele não se importaria com o que as pessoas pensam.

— Concordo, — disse Jim. — E Aaron e Monica?

— Eu acho que são eles, — disse Betty. — Eles perderam a casa e saberiam exatamente onde estavam a chaminé e os detectores. Aposto que eles também têm uma chave. E veja o quão rápido eles entraram lá. Você mesma disse que eles já começaram a jogar todas as suas coisas fora poucos dias depois de você morrer. Você sabe o que dizem, se ele se parece com um cisne, anda como um cisne, grasna como um cisne, tudo bem, você pode ficar com ele, — ela riu. — Mas você não nos contou como foi com a Monica, Hayley. Você foi vê-la?

— Sim, eu estava chegando a esse ponto. Ela tentou se livrar de mim até que eu disse que era vidente. Ela estava interessada demais para ser culpada. Ela não achava que Aaron poderia ter feito algo assim e tinha certeza de que foi um acidente. Mas Aaron ainda não pode ser descartado. Ah, e a propósito, querida, você vai ser uma tia.

— Sério? Que maravilha. Agora estou ainda mais determinada a descobrir quem me matou. Eu teria sido uma tia tão divertida e legal. Eu poderia ter feito muitas roupas e brinquedos bonitinhos para eles.

— E será uma garotinha.

— Bem, é melhor que a nomeiem com o meu nome, é tudo o que posso dizer, — disse Abigail com tristeza.

— Eles irão. Tenho um pressentimento, querida.

Suzie perguntou a Abigail:

— Não acho que seja o Aaron, já que sua vizinha não o teria reconhecido como sendo o cara da sua casa?

— Bom ponto. Mas, pela janela, talvez ela não tenha visto bem. Eu queria que fossem eles, mesmo que fôssemos parentes. Mas não agora que eles estão tendo um bebê. Como dizem, você não pode escolher sua família. E enquanto estávamos lá, nunca falaram como se tivessem cometido um assassinato, não é mesmo? Certamente eles teriam mostrado mais sinais de medo. Assistir ao noticiário ou algo assim. Os únicos sentimentos que vi foram felicidade por terem conseguido minha casa e o que fariam com ela, então acho que ainda não vou perdoá-los. Quando isso acabar, me lembre de ir assombrá-los, Suzie. Deve haver algo que eu possa fazer.

— Eu vou com você; sou uma excelente Assombração. — Suzie sorriu.

— Portanto, se não forem eles, estamos com os Hattons.

— Lorde e Lady Muck eram minha próxima escolha, — disse Betty.

— Vou dizer sobre o que ainda não conversamos: aquela foto da Helen no barco, — disse Terry. — Se fosse no mar em algum lugar. Isso poderia ter a ver com drogas ou algo assim?

— Eu não tinha considerado isso, para ser honesta, — disse Abigail, pensando muito e rápido. — A Helen não parece muito com um barão de drogas. Pode ser um motivo, talvez. Quanto à oportunidade, eu sei que eles têm um álibi. Mas isso pode ser porque eles foram para a Escócia exatamente por esse motivo e pagaram outra pessoa para cometer o assassinato para eles. Eles têm os meios. Deus sabe que eles podem pagar. Como magistrado, ele poderia facilmente ter obtido o nome de alguém disposto a isso que tivesse se apresentado a ele. Não, foi sem dúvida um assassino de aluguel, como se costuma dizer. Deixe-me pensar por um minuto. — Abigail se recostou e fechou os olhos. Ela começou a mover as mãos como se estivesse jogando xadrez.

Terry olhou para os outros e revirou os olhos. Lillian e Jim se entreolharam e riram.

— Você está bem, querida?

— Sim, obrigada, Betty. Acho que entendi, — disse ela animada. — Sim, foi sem dúvida um assassino de aluguel. E estou lhe dizendo agora, eu acho, bem, eu sei, exatamente o que aconteceu!—

— Sério? — disse Betty. — Você tem certeza?

— Não há como você saber disso, — retrucou Terry.

— Eu tinha todos esses fragmentos em minha cabeça, e vi algo hoje e depois ouvi outra coisa, e de repente tudo se encaixou. Eu não queria dizer nada na época porque só precisava descobrir algo.

Jim e Lillian se entreolharam e ergueram as sobrancelhas. Eles não faziam ideia do que estava acontecendo.

— Então, continue. Conte-nos o que você acha que aconteceu.

— Tem tudo a ver com o fato de que Lorde Angus nunca deveria ter herdado.

— Eu não disse que era ele? — disse Lillian, triunfante. Embora nenhum deles pudesse realmente se lembrar disso.

— Ah, não, Lillian. Não foi Angus. Foi o ilustre Charles.

# Capítulo Onze

— Você tem certeza, Abigail? Nenhum deles parecia particularmente convencido ou mesmo impressionado.

— Mortalmente.

— Foi a foto do homem ruivo? Então esse realmente era o pai de Charles, como Betty disse? — perguntou Terry.

— Não. Angus era definitivamente seu pai. E era ele, Angus, que não deveria ter herdado. E se ele não herdasse, então Charles não poderia.

— Agora você me confundiu completamente. Comece do início, Abigail.

— Era a foto antiga da igreja, lembra? Tinha Angus com seus pais e seu irmãozinho. Eu tinha a sensação de que havia algo que estávamos perdendo na época. Mas quando estávamos em seu apartamento, Jim, vi uma foto adorável de você e sua irmã.

— Eu sei qual... a da feira quando éramos adolescentes.

— É essa. Presumimos que ela fosse mais velha que você porque era mais alta, mas poderia ser mais jovem. Mas pense na foto que vimos no Salão, Betty. Havia o pai com um bebê nos braços e uma criancinha ruiva que segurava a mão da mãe. Podemos não saber quem era mais velho em sua foto, Jim, mas você não pode confundir um bebê com uma criança. E embora Charles tenha o gene ruivo de sua família, seu pai não tem, então Angus deve ser o bebê. Então, se esse é o caso, e Graham é mais velho, por que Angus herdou e não Graham?

— Eu pensei que ele tinha morrido jovem? — disse Jim. Lembro de alguém dizendo isso.

— Ele morreu. Mas o que é jovem? Eu diria que morri jovem e você. Devo admitir que pensei que ele tinha cerca de dez anos ou algo assim. Mas Hayley descobriu que ele tinha uma filha chamada Caroline que foi para a Escócia para o vigésimo aniversário da morte de seus pais, então ele não poderia ser tão jovem. E Angus disse a Hayley que ele havia se tornado Lorde Amerston anos atrás. Graham morreu, mas acho que ele morreu logo após o pai, então o título já havia sido passado para ele.

— Mas Angus não teria herdado de qualquer maneira como o único homem depois que seu irmão morreu?

— Não. Caroline herdaria. Seria Graham e depois seu filho – filho ou filha. Na Escócia, uma mulher pode herdar desde que não haja irmãos meninos, mais novos ou mais velhos. Ela era filha única. A aristocracia ainda é muito misógina aqui. Caroline era jovem na época, portanto, não teria a menor ideia de que foi enganada em relação ao seu futuro legítimo. Pode ser que ela seja ainda mais jovem do que seu primo, Charles. E lembre-se de que Hayley descobriu que seus pais morreram juntos. Não estou dizendo que Angus e Helen planejaram o acidente de barco; eles apenas viram a oportunidade de ter tudo para eles e para o filho. Mesmo que Angus tivesse administrado a propriedade até Caroline ter dezoito anos, Charles teria sido cortado. Sem dinheiro, sem casa e sem título. Veja o que fizeram com Caroline; eles não compartilharam sua fortuna com ela. Embora ela talvez não tenha ficado tão ruim. Eles moravam em Highlands, portanto, uma investida para um advogado, e eles poderiam se safar, sem dúvida. Ela poderia, em teoria, ter tomado a casa da família para si, e eles estariam presos em um chalé na propriedade. Ela seria até a única proprietária de Chiltern Hall.

— O que faz você pensar que Charles sabia? Como ele descobriria?

— Acabei de perceber como. A foto! Ele mesmo viu essa foto, provavelmente anos atrás, e descobriu isso. Ele está em Cambridge, então ele deve ter um bom cérebro. Mas você não precisa ser um gênio. É por isso que tive que morrer, caso eu também descobrisse o mesmo. Lembro-me de perguntar se era ele na foto, e ele disse que não, era seu tio. Mas eu nunca teria descoberto quem era quem. Sou tão burra como uma porta em comparação com ele. O que torna o que ele fez ainda mais ridículo.

Terry balançou a cabeça.

— Mas ele estava na Escócia. Na verdade, ele ficou um dia a mais.

— Eu sei que ficou. Essa é a coisa inteligente. Ele tinha uma razão para isso. Seus pais poderiam lhe dar um álibi, mas eles não sabiam que ele realmente voltou para cometer o outro assassinato.

Todos disseram:

— Que assassinato? — Todos estavam franzindo a testa e olhando um para o outro.

Terry entrou.

— Ah, você quer dizer Andrew Ashwin. Mas o que ele tinha a ver com os Hattons?

— Não, não Andrew, Terry. Ele teve que se livrar do homem que pagou para me matar. Ele não queria pagar o resto do dinheiro que devia ou viver com a ameaça de ser chantageado por ele?

— De quem você está falando? Nós nunca vamos encontrá-lo. Literalmente poderia ser qualquer um.

— Eu sei exatamente quem é. Lamento dizer, mas é o Jim!


Todos começaram a falar ao mesmo tempo. Lillian parecendo irritada, Suzie chateada e os outros se desculpando com Jim.

— Não acredito que você pensaria que sou capaz de matar alguém, muito menos você. Eu nunca machuquei ninguém na minha vida, — disse Jim com um olhar perplexo no rosto.

— Eu mesma mal posso acreditar, e honestamente acho que você não se lembra disso. Mas apenas me ouçam, por favor. Perdi todas as pistas iniciais e, se não tivesse ido ao seu apartamento, provavelmente nunca saberia.

— Eu e Terry estávamos com você e não vimos nada, — Suzie retrucou.

— Eu pensei que tinha visto algo, mas não conseguia pensar o quê até Jim dizer "As pessoas fazem qualquer coisa por um maço de dinheiro". Bem, eu trabalhava por conta própria e recebia dinheiro, e o colocava em uma lata quando recebia o pagamento, e isso foi se acumulando. Notas e moedas. Não um pacote pequeno de dinheiro como o que encontramos em seu apartamento.

— Talvez ele tenha contado e embalado o dinheiro pronto para ser depositado no banco, — disse Lillian, protegendo Jim.

— Trata-se de um rolo perfeito, e todas as notas eram de vinte. Como um pagamento pelo trabalho realizado. Eu estimaria que parecia pelo menos mil. — Jim estava olhando para baixo e balançando a cabeça. Abigail continuou: — Quando Betty te chamou de operário, me fez pensar em quando Gwen disse que viu um homem de macacão. Bem, você está usando aquelas calças jeans cáqui com os bolsos nas pernas. Acho que Gwen pensaria que são macacões, por mais que custem. É por isso que perguntei sobre o seu carro. Essa foi a pista final. Ela também disse que tinha visto uma van branca na estrada. Eu sei que você não consegue se lembrar, mas por favor tente, Jim. Realmente espero estar errada. Qual é a última coisa, ou mais precisamente, qual é a primeira coisa que você se lembra quando acordou?

— Você está errada. Nunca conheci Charles. Mas posso tentar. Eu estava... Eu sei que estava no pub Greyhound. Eu estava me encontrando com alguém. Quem era? Não sei. Eu não sei.

— Sinto muito, Jim. Acho que foi Charles. Você e ele se conheceram no Hall quando fizeram algum trabalho no ano passado. Ou pelo menos ele te viu lá. Ele também gosta de cerveja. Hayley disse que ele passou o dia todo na barraca de cerveja na feira, e sua geladeira está cheia disso. É lógico que você esbarraria nele no pub. O Greyhound não está tão longe do Hall. Assim, Charles poderia facilmente ter marcado um encontro com você lá, ou convenientemente esbarrado com você, para lhe apresentar a ideia e lhe dar o primeiro pagamento. E você voltou lá naquela noite, depois de ter feito isso, para pegar o resto do dinheiro.

— Pelo amor de Deus, eu nunca... nunca... — A percepção lentamente apareceu em seus olhos. Estava voltando para ele. — Eu não... Oh meu Deus. — Seus ombros caíram e ele começou a soluçar.

— Conte-nos o que aconteceu, Jim. Você está entre amigos agora.

— Eu estava bebendo uma noite no pub. Por conta própria, como de costume, ultimamente. Eu o conhecia do Hall quando estava lá e o tinha visto em vários bares, o suficiente para passar o tempo. Ele me ofereceu a chance de ganhar algum dinheiro.

Muito. Depois, o suficiente para desaparecer por um tempo. Ir para a Espanha ou outro lugar. Eu tinha a sensação de que não era um trabalho de construção. Mas eu estava cansado de trabalhar duro por uma ninharia e viver em um apartamento apertado. Por que eu não deveria? Ele disse para bloquear a chaminé e tirar as pilhas. Ele viu que havia dois detectores quando foi lá. E isso não iria matá-la, ele disse. Bastava deixá-la um pouco doente para se vingar por tê-lo abandonado e, então, ele iria salvá-la. Charles disse que estava loucamente apaixonado por ela e que ela o traiu. *Eu entendia*, disse a ele. Eu acreditei nele e não queria encarar a verdade, sem esquecer que o dinheiro era mais do que eu havia ganhado em meses, então aceitei. Ele me deu os primeiros mil e me disse o nome e o endereço. Ele não anotou para que eles não pudessem rastreá-lo até ele.

— Como você pôde? — gritou Lillian.

— Não sei. Agora pareço diferente. Eu tinha problemas financeiros, então devo ter sentido que era minha saída. Eu tenho que dizer mais alguma coisa?

— Com certeza, — disse Abigail concisamente. — Eu quero saber tudo.

— Você provavelmente já sabe. Esperei que você saísse e dei a volta pelos fundos, bloqueei a chaminé externa e depois entrei pela janela da cozinha.

— Como? Nunca deixo janelas abertas. Mesmo quando estou em casa, estou sempre preocupada com a segurança.

— Em uma casa dessa idade, essas estruturas antigas de madeira são abertas facilmente. Se você bater com força suficiente, a trava se solta. Então entrei e desliguei os dois detectores. Ele me disse para tirar as pilhas, mas demoraria muito. Eu vi a vizinha me olhando pela janela quando cheguei, então só queria sair rápido. Em seguida, aumentei a pressão ao máximo. Eu sabia que, se não, poderia levar dias ou semanas para você perceber. Eu precisava muito desse dinheiro. Ele prometeu ficar de olho em você e procurar sinais de dores de cabeça e tal. Eu pensei que Charles poderia colocá-los de volta depois que ele tivesse te salvado, em um dia ou dois. Vi um exaustor lá dentro, então cortei a eletricidade dele também, caso você o usasse.

— Eu vivi por mais três noites, Jim. Uma morte lenta e horrível.

— Estou tão envergonhado, Abigail. Eu o encontrei naquela noite para pegar o restante do meu dinheiro às dez horas, no estacionamento do Greyhound. Eu deveria saber que não podia confiar nele. Ele parou e disse que meu dinheiro estava no porta-malas. Estava bem escuro, mas eu podia ver uma grande bolsa lá dentro, então a agarrei, mas pude sentir que estava vazia. Então senti uma dor como nunca antes, e ele me empurrou para dentro. Lembro-me de ter me perguntado por que havia parado de doer se eu tinha sido esfaqueado. Ele dirigiu por um tempo e saiu.

— Isso é bom, Jim. Você pode saber onde seu corpo pode ser encontrado, — insistiu Betty.

— Eu sei onde está agora. Charles me arrastou para fora e me jogou em um poço, como um fosso antigo. Tinha uma tábua sobre ele.

— Mas onde era, você sabe?

Jim assentiu.

— Eu trabalhei perto de lá. É perto do antigo bloco de estábulos na propriedade. Eles não mantêm mais cavalos, então eu nunca teria sido encontrado.

— O que não conseguimos descobrir foi por que ninguém sabia que você estava desaparecido? E a sua irmã?

— Não a vejo há meses. Como dizem? Nem devedor nem credor deves ser. Ela já me ajudou muitas vezes, mas até ela chegou ao limite. Se não fosse ela, era o marido dela. Eu devia dinheiro a ela, e ela não queria mais me emprestar, então não pude nem a ver tomando uma bebida ou algo assim depois disso. Eu me coloquei em um certo estado. Ficou tão ruim que eu não conseguia nem abrir nenhuma correspondência. O pensamento de que poderia ser outra conta me fazia suar frio. Eu precisava me afastar, e Charles me ofereceu uma chance.

Betty sorriu tristemente.

— Você estava desesperado, e aquele porco se aproveitou de você. Quem sabe o que qualquer um de nós faria sob pressão.

— Isso é gentil da sua parte, mas eu não mereço. Sinto muito, Lillian. Eu não queria te machucar, espero que você saiba disso. Você nunca vai saber como eu sinto muito. Mas você terá justiça, Abigail; ele jogou a faca e meu telefone no poço comigo. Foi a última coisa que vi antes de escurecer. Ele não estava usando luvas, sabe.

Abigail colocou as mãos no peito.

— Sim, nós o pegamos.


A essa altura, Jim estava inconsolável, mas ninguém foi confortá-lo. Ele virou a cabeça. Ele não podia mais olhar para seus amigos. Ele olhou para Lillian, mas ela se afastou. O pensamento de que estavam na companhia de um assassino os chocou profundamente.

Terry foi o primeiro a ver o que aconteceu a seguir. Um redemoinho cinza em forma de túnel apareceu. Parecia um vento uivante. Jim se levantou com um olhar aterrorizado no rosto.

— Sinto muito. Sinto muito, — e recuou para ele, como se estivesse puxando-o para dentro, e ele desapareceu de vista.

— O que aconteceu, Terry? Eu nunca quis isso.

— Isso, Abigail, foi, como se costuma dizer, um inferno criado por você. Quando seu espírito percebeu o que sua alma havia feito, ele estava acabado. A culpa os pega todas as vezes. Ele não vai voltar. Eu já vi isso antes.

Os olhos de Lillian brilharam para Abigail.

— Estava tudo bem até você chegar. Por que você não volta para o lugar de onde veio?

— Eu gostaria de poder, Lillian, mas isso não vai acontecer graças a Jim, não é?

Abigail sentiu o frio no ar ainda mais do que o normal. Eles pareciam culpá-la mais do que ao Jim ou mesmo Charles. Ela se levantou e saiu. Ela teria adorado bater a porta atrás dela, mas não podia nem fazer isso agora.

Abigail foi para as ruas. Ela mostraria a eles. Ela pode nem se incomodar em voltar. Deve haver outro lugar em toda Becklesfield para onde ela possa ir. Talvez ela pudesse ficar no pub. Esse era o centro da vila de qualquer maneira. Muito mais interessante do que uma biblioteca. Isso ou os Correios. Se você quisesse descobrir algo, é provável que a Srta. Spindle fosse a primeira a saber.

E eles não achavam que ela se importaria com o fato de ser o amável Jim? Ela mesma mal podia acreditar, mas sabia que estava certa. Ela sempre teve uma mente lógica e resolveu palavras cruzadas desde tenra idade. Seu irmão disse que ela deveria jogar xadrez, mas ela nunca imaginou isso. Para começar, é muito demorado. Era disso que ela gostava na costura; era como um quebra-cabeça. Pegar um pedaço de material e transformá-lo em algo bonito. Ela nunca mais faria essas coisas. Talvez ela devesse seguir em frente. Os outros estavam todos irritados com ela. Eles definitivamente atiraram no mensageiro, ela percebeu. Ela estava ficando muito afeiçoada a Terry. Embora estivessem em estado de choque. Por que ela estava se sentindo tão culpada? Foi porque Jim já havia se tornado um amigo e poderia ter sido algo ainda mais para Lillian. Lá se foi o julgamento dela.

Ela virou à esquerda na igreja e viu a casa de Hayley. Abigail se perguntou se ela já havia voltado para casa. Ela entenderia e era tão fácil de conversar. De qualquer forma, ela queria ouvir que estava certa. Hayley havia se esforçado mais para obter as respostas. O carro de Tom não estava lá, então ela entrou gritando. Ela precisava de um ouvido simpático, não dos olhares acusadores que tinha na biblioteca.

Hayley estava em casa há cerca de dez minutos e ficou realmente chocada ao ouvir sobre Charles e ficou surpresa, como os outros, que Jim tivesse se revelado um assassino. Ao contrário dos outros, ela não parecia culpar Abigail e deu um grande abraço fingido quando a viu.

— Venha, querida, vamos nos sentar na estufa. Que confusão foi essa. Sinto-me exausta com o drama.

— Conte-me sobre isso. Jessica Fletcher nunca foi tão atacada.

— Isso tinha que acontecer. Nunca conheci Charles, portanto não pude fazer uma leitura sobre ele. Ele passou o dia da feira na barraca de cerveja com os amigos, e eu esperava conversar com ele, mas com o desaparecimento do garoto e o Tom aparecendo, isso não passou pela minha cabeça. O mesmo que com Jim, eu não o conhecia tão bem quanto os outros. Você suspeitou de Charles desde o início? — perguntou Hayley.

— De jeito nenhum. Para ser honesta, não até suspeitar de Jim depois de ver todo aquele dinheiro. Então o quebra-cabeça meio que fazia sentido. Eles se conheceram antes, e assim que vi a foto dele e de sua irmã na casa de Jim, tudo se encaixou. Olhando para onde ele morava, pude ver que ele estava endividado e infeliz. Então eu tinha a sensação de que algo estava errado. Não combinava com o Jim que eu pensei que ele era. Eu tinha que descobrir uma coisa antes de dizer em voz alta, e era perguntar a Jim se ele tinha um carro, e quando ele disse que não, ele só tinha uma van, eu definitivamente sabia que era ele.

Durante a prova de roupa, pensei em como Charles era simpático e tagarela. Nada esnobe. Mas ele estava me mantendo falando para tirar minha mente do que eu tinha visto naquela foto? Ele me deu mais crédito do que eu mereço. Não sou tão inteligente.

— Mas você deu um jeito, Abi.

— No final, e não por conta própria. Mas eu gostava de uma fofoca quando estava pregando, então nunca se sabe. Talvez eu tenha perguntado a ele sobre sua família e a fotografia. Ou eu disse algo sobre Lordes e Ladies? Eu realmente não me lembro. E não tinha me ocorrido que ele poderia ter tido a ideia quando veio buscar a costura. Eu o deixei sozinho lá embaixo quando subi para buscar. Ele notou a caldeira e o detector e teve a ideia? Que idiota ele é. Se ele não tivesse matado Jim, ele nunca teria sido pego. Ele esperava colocar os detectores de volta no dia seguinte, após a suposta piada. Charles disse a ele para tirar as pilhas e não tirar tudo, mas ele estava preocupado por ter sido visto, então fez o que foi mais rápido. Eu também não teria suspeitado. Acho que as encontrarão na van de Jim, e isso conectará os dois assassinatos. Isso realmente provará quem fez isso. Ele vai passar o resto da vida na prisão. Se um advogado de alto custo não o livrar.

— Eu realmente acho que os pais dele não sabiam nada sobre isso. Senti que Helen tinha águas turbulentas pela frente em sua leitura, mas optei por dizer a ela que estava fazendo uma longa viagem de barco.

— Acho que eles não tinham ideia, — concordou Abigail. — Tenho certeza de que eles teriam feito qualquer coisa para proteger seu filho, mas não teriam tolerado o assassinato. Helen deu a entender que ele era obstinado e fazia o que queria.

— Suponho que Caroline herdará agora?

— Com certeza. Espero que ela deixe a tia e o tio ficarem em uma das casas, e espero que Angus seja punido por fraude. Acho que depois do julgamento de Charles eles voltarão para a Mansão Amerston, na Escócia. Você acha que há o suficiente para o inspetor Johnson abrir os dois casos?

— Tenho certeza disso. Ele vai querer ter toda a glória. Haverá as impressões digitais e o DNA na bolsa e na faca. Vou fazer Tom descobrir. Liguei para ele assim que cheguei em casa. Eu disse a ele suas ideias e ele tem que pensar em uma maneira de transmiti-las. Ele precisou de um pouco de persuasão.

— O celular de Jim, com quaisquer mensagens entre eles, está no poço com ele.

— E agora eles também têm as impressões digitais de Jim, podem compará-las com as de sua casa. Talvez na caldeira e na janela.

— Ele morreu instantaneamente quando foi esfaqueado, e o coração teria parado de bombear sangue, mas haverá o suficiente em sua bota para que os peritos encontrem, tenho certeza. Lillian está muito irritada comigo, não tenho certeza se posso voltar lá. Aparentemente, eles estavam realmente falando sério.

— Eu podia sentir um pouco de química entre Jim e Lillian.

— Eu não tinha ideia até Suzie falar sobre isso na feira. Mas não sinto animosidade em relação a ele. Isto é errado? Mas eu não poderia deixá-lo escapar, poderia? A justiça tem que ser feita. Charles pode até fazer uma confissão completa, e então Lillian pode me perdoar. Ele ficará absolutamente chocado com o fato de alguém ter resolvido tudo. Sem falar que alguém sabia onde estava o corpo.

— Tom pode dizer que recebeu um telefonema anônimo de um caçador furtivo que viu alguém arrastando um corpo para fora de um carro no Hall. O inspetor Johnson vai ficar furioso com o fato de Tom estar envolvido novamente. Ele já chamou a atenção do Chefe de Polícia por encontrar o garotinho desaparecido. O chefe adora a boa imprensa. Ele disse a Tom para fazer o exame de sargento.

— Você não precisa ser vidente para ver um bom futuro para ele, Hayley.

— Eu gostaria de poder oferecer uma xícara de chá, querida. Você deve precisar de uma.

— Um vinho seria melhor, — Abigail disse, melancolicamente. — Acho melhor eu ir. Eu tenho que tomar algumas decisões. Como diz a música, devo ficar ou devo ir agora? Não sei mais se serei bem-vinda à biblioteca, então talvez eu deva atravessar. E eu não quero estar aqui quando Tom voltar. Tenho a sensação de que ele também não gosta muito de mim. Eu pensei que seria um pouco mais popular deste lado, para ser honesta.

— Você é maravilhosa, querida. Você fez muito bem em resolver isso. Charles teria se safado, e tenho a sensação de que Caroline poderia ter sido a próxima na lista dele, porque um dia ela pode ter percebido que as datas não coincidem. Quem sabe o que o Pequeno Lorde Fauntleroy teria feito no futuro. Não sei muito sobre uma mente psicopata, mas sei que, se eles conseguem se safar uma vez, continuarão.

— Todos nós nos saímos bem. Especialmente para você. Eles já encontraram a nota de suicídio de Andrew?

— Sim, tenho o prazer de dizer. Exatamente onde eu disse, na geladeira. Ele seguiu em frente. Tenho certeza de que a família dele também.

— É bom saber. Você vai nos contar quando tiver notícias do Tom, não vai? Sabe onde nos encontrar. É melhor eu ir embora.

— Não estou ansiosa para explicar tudo isso para Tom.

Espero que ele acredite e possa pensar em como compartilhar isso sem entrar em apuros. Ele vai ter que contar um monte de pequenas mentiras. Mas é por uma boa causa. Vá em frente, Abi, saia e, por favor, anime-se, — disse Hayley gentilmente. — Meu sexto sentido me diz que, quando eles pensarem bem, você voltará a ser bem vista por eles.

— Eu nem sinto vontade de fazer uma piada sobre bibliotecas, então devo estar deprimida. Tchau, Hayley, e obrigada por ouvir uma espírito velho e triste.

— Tchau, querida. Vejo você em breve.

Abigail decidiu dar uma caminhada lenta pela bela vila onde viveu toda a sua vida, apenas no caso de decidir partir. Ela parou do lado de fora da Escola Primária Becklesfield, onde foi tão feliz. Quando ela era aluna, havia apenas dez alunos por classe; agora eles construíram uma nova extensão do prédio antigo. No parquinho, alguém havia desenhado um jogo de amarelinha com giz. Ela ficou surpresa que as crianças de hoje ainda gostavam de brincar com isso.

O próximo caminho de lembranças que ela percorreu foi o caminho para o parque da vila. Aqui estavam as casas mais antigas feitas de pedra. Algumas delas tinham telhados de sapê e janelas de treliça e valiam uma fortuna, embora os quartos fossem pequenos e exigissem muita manutenção. Estava ficando tarde e poucas pessoas estavam por perto. Ela foi até os troncos onde os habitantes locais eram colocados por delitos. Como ela gostaria de colocar Charles lá. Ela não estaria jogando tomates, isso era certo. A luz da lua brilhava no lago, a peça central do parque, e ela se sentiu triste por não poder apreciar a beleza da vida da mesma forma novamente. Sim, ela podia ver tudo, mas não podia mais aproveitar a luz do sol, nem sentar-se do lado de fora do pub com uma taça de vinho ou sentir o cheiro das flores. Oh, cale a boca, disse para si mesma. Quando ela sentiu o cheiro das flores? Pare de sentir pena de si mesma. As coisas são como são.

Sua próxima parada foi nos balanços na extremidade do parque. A gangorra e as barras de macaco haviam desaparecido e foram substituídas por um gira-gira e uma estrutura de escalada de madeira com cordas presas. Muito mais seguro provavelmente, pensou Abigail. E para onde foi o concreto? Agora havia borracha macia, ela notou. Ela não conseguia se lembrar de crianças quebrando ossos ou cortando suas cabeças o tempo todo. Talvez eles costumassem ser feitos de coisas mais severas. Os balanços eram os mesmos, então ela se sentou no do meio para pensar na vida e, o mais importante, na morte. Uma velha senhora com um cachorro andou um pouco mais rápido quando o viu indo para frente e para trás sozinho. A própria Abigail não estava mais com pressa. Ela não precisava ficar lá costurando todas as horas do dia e da noite. Sempre havia alguém que queria que seu trabalho fosse feito rapidamente, se não no mesmo dia. Ela costumava ter um pesadelo recorrente onde haveria alguém batendo na porta para seu vestido de noiva ou roupa, e ela ainda não tinha começado. Ou estaria literalmente coberta de alfinetes. Isso realmente aconteceu uma vez. Ela começou a escrever todos os seus trabalhos e os marcou enquanto os fazia, mas ainda tinha pesadelos. Talvez ela estivesse tendo um agora – ela estava morta e ninguém gostava dela.

Ela sentiu algo esfregando suavemente nas pernas, o que era bom porque ela não sentia nada há muito tempo. Era um gatinho, tão ruivo quanto possível. Era um fantasma ou real? Embora nunca se possa ter certeza. Ela poderia pegá-lo, então era um fantasma como ela.

— Olá, docinho. Qual é o seu nome? Você tem uma coleira? Não. Acho que vou te chamar de Cenoura. Quer vir comigo? —

Mas ele pulou do colo dela e fugiu, mas depois se virou e fugiu novamente. — Isso é como naqueles filmes? Você quer que eu te siga? — Um ronronar respondeu a ela. — Ok, espere por mim então.

Abigail não tinha certeza se queria ver a que estava sendo levada. Poderia facilmente ser o dono que estava morto há dias, deixando o pobre Cenoura morrer de fome antes que ela conseguisse escapar. Ela desacelerou quando pensou que poderia se deparar com um corpo decadente e em decomposição. Mas Cenoura queria que ela fosse com ela, então ela não tinha escolha. Ela parecia estar indo em direção à igreja que estava trancada a essa hora da noite. Certamente não foi o reverendo Pete Stevens na reitoria. Ela quebrou os miolos para lembrar se ele ou Mary tinham um gato. Ela achava que não. Mas a gata atravessou o muro de pedra e entrou no pátio da igreja, o que não ajudou em nada a acalmar as preocupações de Abigail. Na verdade, as coisas pareciam muito piores quando Cenoura correu para o canto mais distante e parou atrás de uma das lápides – Emily May Paxton – que ela conseguia distinguir na penumbra. Abigail caiu de joelhos e viu uma massa pequena e escura na grama longa e achatada. Ela estendeu a mão hesitante e sentiu um pequeno pacote peludo que estava frio e sem vida.

— Sinto muito, Cenoura, chegamos tarde demais. Seu bebê se foi. — A mãe soltou um leve ronronar e esfregou o nariz sobre o gatinho; então Abigail viu um pequeno movimento e, para sua surpresa, ouviu um miado silencioso. — Está tudo bem, Cenoura, está vivo, mas preciso de ajuda. — Ela se levantou. — Fique aqui e eu voltarei em duas sacudidas do rabo de um gatinho.

. . .

Tom estava em casa há cerca de dez minutos e estava tomando sua primeira xícara de chá desde o café da manhã, enquanto Hayley se sentava à sua frente na mesa da cozinha. Ele estava prestes a contar a ela como havia contado ao sargento Mills sobre Charles e Jim e que havia passado a informação para Johnson, quando sentiu uma rajada de ar frio. Sua notícia teria que esperar... novamente. Tom soltou um grande suspiro quando ouviu Hayley gritar:

— Você está brincando. Eu vou agora, — então ela correu para fora da porta, voltando dez minutos depois com um gatinho embrulhado em seu cardigã. Aparentemente, eles estavam mantendo e chamando de Luna. Ele balançou a cabeça e pensou que a maioria das esposas trazia para casa donuts ou talvez uma comida para viagem, mas não, não sua esposa. Embora Hayley estivesse sempre com aquelas saias longas e esvoaçantes, ele não conseguia deixar de sentir que ela realmente usava as calças!

Terry também teve que sair da biblioteca; de repente, tornou-se um lugar muito triste. Não era culpa de Abigail; ele sabia disso, e eles também. Todos estavam sofrendo, especialmente Lillian. Ela conheceu muitas pessoas desde que chegou, mas ele nunca a viu se interessar por ninguém como ela fez com Jim. Tudo o que ela se importava era com Suzie. Ele sabia que ela superaria isso, mesmo que apenas pelo bem da pequena. Então, com sorte, ela perdoaria Abigail.

Foi então que ele viu um novo Morto. Ele estava andando para frente e para trás na frente das lojas. Exatamente o que ele precisava para tirar a mente de Jim.

— Posso ajudar? Meu nome é Terry.

— Espero realmente que sim. Eu não sei o que aconteceu. Acho que sofri um acidente de carro. — Terry observou o rosto vermelho e os cortes nos olhos. Esse também teria sido o palpite dele.

— Você sabe que está morto, certo?

— Eu vi meu corpo, então sim, — ele respondeu irritado. — De alguma forma, eu sabia que tinha morrido, mas na verdade acho que vou voltar para lá. Talvez eu esteja em coma. Você acha que isso é possível?

— Tudo é possível. Qual é o seu nome, filho?

— Jason Masters. Eu só tenho essa sensação de que algo não está certo. Como se eu tivesse deixado algo ligado ou tivesse que fazer alguma coisa. Isso não é bom. Eu vou voltar. Eu não deveria estar aqui. Deve ter havido algum problema com os freios. Alguém vai pagar, pode ter certeza disso.

Terry balançou a cabeça enquanto o homem corria de volta pela estrada. Muitos eram assim, especialmente do seu tipo. Os ricos. Eles sempre achavam que tinham mais direito de viver, pois podiam fazer o que quisessem na vida, e suas vidas valiam mais. E ele definitivamente era rico. Você poderia dizer isso por seu terno de grife e sapatos marrons brilhantes. E até Terry sabia que aquele relógio de ouro chique era um Rolex.

— Olha quem precisa de um novo lar, Suzie?

— Ele é para mim? — disse ela animada.

— Com certeza, ela é. Eu só sei que é uma gata porque ela teve um gatinho antes de morrer. Nunca gostei de gatos, mas ela é tão fofa. Ela também é inteligente; ela me mostrou onde seu bebê estava e Hayley o levou para casa. Ela vai ficar com ele, eu acho. É de uma linda pelagem, diferente de sua mãe. Eu chamei essa de Cenoura, mas sinta-se à vontade para pensar em outro nome.

— Nunca gostei de cenouras, então definitivamente não vai ser isso. Ela tem manchas como um tigre, então eu acho que Tiggy.

— Isso é perfeito, muito melhor do que Cenoura. Hayley já

chamou a gatinha de Luna. Gostaria de vir comigo e Tiggy e conhecê-la? Ele é tão fofa.

— O que você acha, Lillian? Ele não é lindo? Eu já o amo. Obrigada, Abigail.

— Adorável, — disse Lillian, com os dentes cerrados. Ela está tentando nos contornar agora. Se ela ficar entre mim e Suzie, ela pode ser assassinada novamente. Eu nunca vou perdoá-la pelo que ela fez com Jim. Lillian ainda não acreditava. Haverá outras impressões digitais na faca. Se não for um Hatton, não será o Jim. Nada poderia fazê-la pensar que o doce homem que a levou pelos jardins de Chiltern Hall e disse que a amava era um assassino sem coração. Ela se vingaria de Abigail, mesmo que isso levasse uma eternidade.

## Capítulo Doze

D ois dias depois, a bibliotecária pensou: "Ah, não, é aquela mulher estranha de novo, e agora ela está acenando com um jornal!"

Hayley foi direto para a seção de crimes, e Suzie correu reunindo todos para as cadeiras confortáveis. Ela ficou feliz em ver que Abigail parecia um pouco mais feliz, e os outros pareciam tê-la perdoado.

— Como está a pequena Luna? — perguntou Suzie. — Tiggy está cuidando dela?

— Sim, os dois estão bem. Levei o gatinho ao veterinário ontem e descobri que Luna é na verdade um menino. E ele está indo muito bem, graças a Deus. Foi por pouco.

— Toda bruxa deve ter um gato, — disse Betty. — Ai, sinto muito, não deveria ter dito isso.

— Não se preocupe, já me chamaram de coisas muito piores, e você tem razão. Há algumas centenas de anos, com certeza, eu teria sido mergulhada na lagoa da vila. Tenho a sensação de que, em uma vida passada, eu realmente fui, e Luna será um ótimo companheiro. Bem, Tom teve alguns dias ocupados depois de dizer que recebeu uma ligação de um caçador anônimo que viu alguém jogar o que parecia ser um corpo em um poço. Posso dizer que Johnson ficou furioso quando recebeu a informação. Vocês já viram o Chiltern Weekly? — Depois de admitir que não tinham, imploraram para que ela lesse em voz alta. — *CORPO ENCONTRADO EM POÇO EM UMA CASA NOBRE. Depois de uma denúncia anônima, o corpo do construtor, Jim Tate, foi encontrado em um poço no terreno de Chiltern Hall. Ele havia sido esfaqueado. Tate, de 28 anos, não era visto desde 23 de abril. Um homem está ajudando a polícia com suas investigações. Acredita-se que ele seja um residente de Chiltern Hall. O inspetor Johnson dará uma coletiva de imprensa quando tiver mais informações.* E há uma foto de Jim e Hall.

— Ótimas notícias, — disse Betty.

— Seu corpo precisava ser encontrado, — disse Suzie. — Eu teria odiado estar naquele poço.

— Por favor, agradeça ao Tom por nós, Hayley. Eu não sei o que faríamos sem vocês dois, — disse Abigail, sinceramente.

— De nada, querida. Mas agora quero fazer outra coisa por todos vocês. Por favor, deixe-me ajudá-los a atravessar. Suzie, pegue minha mão, e posso fazer uma oração, e espero que você possa atravessar.

—Eu não quero. Ainda não. Estou esperando minha mãe e meu irmão se juntarem a mim. Ainda visito, e posso dizer que mamãe gosta disso. Ela diz a Jordan que pode me sentir segurando sua mão.

Lillian acrescentou:

— Nem eu. Conheci Suzie no hospital naquele dia e prometi a ela que sempre cuidaria dela.

— E eu preciso dizer aos Mortos que eles estão mortos, ou todo o inferno explodiria, — disse Terry rindo. — Quando morri, há muitos anos, não sabia o que havia acontecido. Andei por dias sem nem saber que estava morto. Como fui criado em um orfanato, não tive pais ou avós para eu esperar. Foi preciso um homem no pátio da igreja para me explicar o que havia acontecido. Ele seguiu em frente desde então, mas ainda visito seu túmulo. E você, Betty?

— Não se preocupe! Passei sessenta anos esperando meu John, que Deus o tenha em sua alma, e morri na semana seguinte a ele. Eu quero um pouco de tempo para mim. E eu tive um baile nas últimas duas semanas. Isso só deixa você, Abigail.

— Se você tivesse me perguntado ontem, eu teria dito que sim, mas agora depois de ver o que todos nós realizamos escrito no jornal, acho que vou ficar. Sei que irritei todos vocês, mas se estiverem dispostos, tenho uma ótima ideia depois de ouvir o que Hayley leu. Estamos apenas começando e poderíamos fazer muito bem às pessoas. Acho que temos um talento especial para investigar e somos ótimos detetives. E se não me engano, aqui está nosso primeiro cliente.

Todos se viraram para ver um jovem corpulento atravessar a parede. A razão pela qual Abigail pensou que ele poderia ficar feliz com a ajuda deles era o fato de que ele tinha um facão grande e ensanguentado no ombro direito.

— Sente-se, por favor. Estas são Hayley, Terry, Suzie, Lillian, Betty e eu sou Abigail. Bem-vindo ao Abi... quero dizer, a... Agência de Detetives Mortos!

— Meu nome é Duncan, — disse ele com uma voz áspera. — Sim, você pode me ajudar. Encontre o desgraçado que fez isso comigo. Eu vou matá-lo.

— Não é exatamente como trabalhamos, Duncan. É mais para lhe dar paz de espírito.

— Eu pouco me importo com isso. Quero mostrar a ele o

que sinto e pegar o desgraçado. — Meu Deus, pensou Abigail. Não era assim que ela imaginava. Ela temia que sua nova agência de detetives pudesse não ser tão fácil quanto ela pensava.

Hayley virou uma página do jornal que ainda segurava.

— Espere, Duncan, você está com sorte. — *Bem, não muita*, ela pensou depois de dizer isso. — Eu li isso antes. Nós podemos ajudar. Escute isto. "Um homem de 22 anos foi preso ontem à noite acusado do assassinato de Duncan Sanders, 29, de Gorebridge. Acredita-se que ele seja Matthew McKinley, também de Gorebridge. Ele está sendo mantido na Delegacia Central de Polícia de Gorebridge para ajudar a polícia com suas investigações."

— Obrigado por isso.

— Aonde você vai? — gritou Hayley atrás dele.

— Aonde você acha? Delegacia Central de Polícia de Gorebridge, para fazer uma visita especial ao meu velho amigo, Matthew McKinley!


— Outro cliente satisfeito. Eu sabia que seríamos capazes de fazer isso, — mentiu Abigail. — Mas o que vocês acham? Nossa própria agência de detetives. Vocês aceitam? — Betty, Terry e Suzie concordaram imediatamente. — Lillian, eu adoraria se você fizesse parte disso. Você sabe muito mais do que nós sobre as coisas médicas; nós realmente precisamos de você.

— Suponho que não tenho escolha se é o que os outros querem.

— Bem, você não está exatamente empolgada, mas vou aceitar. Hayley, precisaremos da sua ajuda também. Por favor, por favor, diga sim.

— Enquanto estivermos indo bem, você pode contar

comigo. Eu não quero envolver Tom todas as vezes. Ele enlouqueceria.

— Claro que não, — disse Abigail, um tanto mentirosa. — Então, todos concordamos em chamá-la de Ab... Quero dizer All Dead Detective Agency, ou ADDA, para abreviar.

— Isso é um palíndromo, — disse Suzie com orgulho.

— Bem, nem sempre podemos concordar em tudo, querida, — disse Betty. Isso provocou risos em todos eles, e Betty não se importou.

Mas Terry tinha uma observação para fazer.

— Mas nem todos nós estamos mortos, não é? Há Hayley e Tom para pensar. Estou surpreso que você não tenha chamado de Agência de Detetives Abigail Summers.

— Isso nunca passou pela minha cabeça, — Terry, disse Abigail com culpa. — A menos que você insista. Você me conhece – os outros não são eu. — Até ela tinha que sorrir para isso. Mas ficou um pouco magoada quando todos começaram a rir.

— E a Agência de Detetives Mortais? — sugeriu Hayley.

— Isso é muito melhor e muito mais cativante, — disse Terry, e todos concordaram.

— Na verdade, eu realmente preciso da ajuda de vocês com algo para variar, — disse Hayley. Todos eles disseram que adorariam ajudá-la. — Recebi um e-mail através do meu site de alguém aqui em Becklesfield. Lembrem-se de que eu não digo aos meus clientes on-line onde moro – há muitos trolls hoje em dia, e Tom ficaria louco se eles aparecessem para uma leitura. Mas os clientes me enviam mensagens de todos os lugares, até da América, então me interessei especialmente por esta, pois ela é literalmente daqui. Quero dizer, quais são as chances disso? Agora, essa senhora, Janette, parecia desesperada e estava pedindo minha ajuda, pois está sendo assombrada por mais de um fantasma e não consegue mais dormir à noite. Aparentemente, é implacável. Ela tem que dormir com as luzes acesas e a cabeça debaixo das cobertas.

— Coitadinha, — disse Betty.

— Sim, sinto muito por ela. Já tive minha cota de noites sem dormir. Tive a impressão de que ela é uma senhora mais velha e ela sentiu que estava sendo ameaçada por eles e até viu as coisas se moverem por conta própria e notou alguns cheiros estranhos. Isso é muito comum; pode ser perfume ou algo assim. Posso sentir o seu cheiro, Betty. O que ela queria que eu fizesse era um exorcismo. Mas eu não faço isso. Posso fazer algumas orações e acender sálvia e artemísia ou até mesmo fazer reiki a ela. Como é uma vila tão pequena, me perguntei se algum de vocês já ouviu falar de uma mulher sendo atormentada dessa maneira? Especialmente você, Terry. Você conhece a maioria dos mortos por aqui.

Terry pensou muito.

— Não, não posso dizer que sim. Qual era o nome dela mesmo?

— Janette. Eu pensei que se eu conseguisse o endereço dela, você iria lá uma noite e pegaria ele ou ela em flagrante, por assim dizer? E peça-lhes para parar ou seguir em frente, ou pelo menos descobrir o motivo disso.

Abigail estava mais do que feliz em ir.

— Será nossa primeira tocaia. Eu sei que devemos levar donuts e fazer xixi em uma garrafa, mas será perto o suficiente. Descubra o endereço dela e daremos uma volta por lá. Ela mora sozinha?

— Ela não disse. Vou descobrir quando mandar um e-mail para ela mais tarde.

— Muito bem, Hayley. Já temos nossa próxima missão. Agora precisamos anunciar se quisermos ter sucesso. Você acha que poderia nos fazer um sinal e alguns cartazes, Suzie?

— Eu poderia tentar. O que você quer que eu diga? — perguntou ela.

Abigail acenou com a mão de forma exagerada.

— Nada muito complicado. Em letras grandes, AGÊNCIA DE DETETIVES MORTAIS, e então precisaremos de algum tipo de slogan como "Temos as habilidades se você foi morto". Em seguida, o endereço da biblioteca na parte inferior.

Terry balançou a cabeça.

— Mas não é só com assassinatos que eles precisam de ajuda, não é? Pode ser um testamento perdido ou um gato perdido. Até mesmo encontrar uma nota de suicídio como Hayley encontrou para a família de Andrew Ashwin. Ou para impedir ou fazer assombrações.

Todos ficaram em silêncio para pensar no melhor slogan. Betty foi a primeira a inventar um bom.

— Como sabem, meu funeral foi há pouco tempo, e o hino que meus queridos netos escolheram para mim foi o favorito deles, All Things Bright and Beautiful. Bem, em vez de "Todas as criaturas grandes e pequenas", por que não "Todos os problemas grandes e pequenos"?

— Isso é muito bom, Betty. Não deixe ninguém dizer que você não é boa com palavras. Isso é maravilhoso. Nós temos todo esse papel aqui e nenhum para fazer um cartaz.

Mais uma vez, Hayley pôde ajudar; ela foi com Suzie às bancas de jornal para comprar papel e fitas adesivas.

— Eu também posso ter um novo caso para nós, — disse Terry. — Receio que não seja um mistério. É mais um "o que ela esqueceu".

— Parece ainda mais intrigante, — disse Lillian. — Para ser honesta, já tive o suficiente de assassinato por um tempo. Eu gostaria de ter um enigma e, com sorte, um final feliz para alguém.

— Conte, — insistiu Betty.

— Outro dia conheci um sujeito que acho que morreu em um acidente de carro. Um cara rico, devo acrescentar, mas não vou usar isso contra ele. Não tanto, de qualquer maneira.

— Todos os problemas grandes e pequenos, Terry. Talvez devêssemos adicionar ricos e pobres, — brincou Abigail. — Prossiga. Como era o nome dele?

— Er, acho que era Jason Masters. Naturalmente, ele estava confuso. Mas ele tinha a sensação de que algo mais estava pairando sobre ele. Como se ele tivesse deixado o gás ligado ou algo assim.

— Poderia ter outro passageiro no carro, talvez ferido, e ninguém o encontrou. Não seria a primeira vez.

— Não sei por que ele disse que viu seu corpo, e certamente teria notado se outra pessoa estivesse lá. Na verdade, ele não pediu ajuda, então é melhor deixarmos para lá, Abigail.

— Eu concordo. Só podemos ajudar aqueles que pedem. Embora eu seja intrometida e adoraria saber o que aconteceu. Mas você tem razão. Devemos nos manter afastados.

Hayley voltou. Abigail ergueu os olhos para ver que a bibliotecária a havia parado para conversar.

— O que ela queria?

— Ela disse que eu estava bem e que seria melhor encontrar outro lugar para ir durante o dia, onde os cuidados seriam melhores, como um centro diurno? — Todos eles começaram a rir. Definitivamente, a bibliotecária pensou que não havia ajuda. Agora ela está rindo de suas próprias piadas.

— Vou começar a fingir que estou no meu celular antes que me internem por falar sozinha. Mas isso não funciona aqui porque não temos permissão para usá-los. Na Festa do Dia do Trabalhador, recebi alguns olhares engraçados. A culpa é minha, eu deveria pelo menos fingir que estou procurando um livro. — Ela foi até a prateleira mais próxima e pegou um livro. Todos riram do título O Homem Invisível de H.G. Wells.

— Vamos, Suzie, se você fizer alguns cartazes, eu a ajudarei a colocá-los pela cidade, — disse Hayley. Abigail descobriria que apenas Mortos podiam ver a escrita de Suzie. Bom trabalho também, eles não queriam que todos os Respiradores aparecessem! Eles tinham a sensação de que estariam ocupados o suficiente.

Havia mais de uma pessoa em Becklesfield naquela tarde que viu uma senhora de cabelos compridos e aparência hippie falando sozinha e colando cuidadosamente cartazes em postes de iluminação. Mais do que provável que seu gato tivesse desaparecido, coitada. Então eles pensaram em dar uma olhada, para ficar de olho no caso de verem. Mas o papel estava em branco! Nem uma única coisa nele. Que Deus a abençoe, é muito triste.

# Capítulo Treze

O dia seguinte começou como qualquer outro, mas desta vez Suzie e Lillian foram visitar a mãe de Suzie e seu irmão, Jordan. Lillian ainda sentia que não queria ficar muito perto de Abigail. Elas levaram Tiggy com elas, pois ela começou a deixar Luna um pouco mais recentemente. Betty pensou que poderia fugir e se perder saindo de Becklesfield, mas não precisava se preocupar, Tiggy caminhou pelos pés de Suzie e nunca saiu de seu lado. Tão perto que ela chegou a tropeçar nela algumas vezes. Foi uma caminhada tranquila até onde eles moravam em Little Chortle. Elas poderiam ter caminhado pelas ruas estreitas e sinuosas, mas preferiram atravessar os prados e passar pelos campos com as ovelhas e seus cordeiros recém-nascidos.

A família de Suzie morava em uma propriedade recém-construída nos limites da bela vila. Sonia era assistente social, trabalhava com crianças carentes em Gorebridge. Desde a perda de sua própria filha, ela sentiu que estava mais do que qualificada para ajudar as crianças e seus pais. Ela sabia o quão difícil a vida poderia ser. Seu próprio marido e pai de Jordan e

Suzie a deixou quando eles eram jovens. Ele tinha uma nova família agora, mas ela não lhe desejava qualquer tipo de maldade. Ele realmente encarou com dificuldade a notícia da morte de Suzie, e sabia que nunca seria capaz de recuperar o tempo que perdera com ela. Jordan também havia saído dos trilhos por um tempo, quando sua irmã mais nova foi atropelada por um motorista bêbado, mas ele voltou aos trilhos e agora estava estudando muito na escola e faria os exames no próximo ano. Até falavam em ele ir para a universidade.

Hoje era o dia de folga de Sonia e, como Jordan estava na escola, ela pensou em deixar de lado as tarefas domésticas e sentar e assistir à TV durante o dia. Era um belo dia de verão, e ela estava com todas as janelas abertas, mas sentiu um frio repentino no ar. Ela estendeu a mão na frente dela e sentiu o que sabia que estaria lá – uma coluna de ar frio. Suzie tinha vindo.

Na biblioteca, Abigail, Terry e Betty sentaram-se em seu canto habitual, sentindo-se um pouco entediados. Eles imaginavam, ou pelo menos esperavam, que haveria uma fila de espera para os serviços da recém-formada agência de detetives.

Abigail fechou os olhos pensativa.

— Talvez devêssemos ajudar seu homem rico, Terry. Será algo para fazer, se não tiver mais nada.

— Como você sabia que ele era rico? — Betty se sentou à frente e perguntou.

— Ele tinha um Rolex muito bonito. Até eu sei o quanto eles são caros. Não que funcionasse mais, é claro. Parou no segundo em que ele morreu. E ele estava impecavelmente vestido com um terno e sapatos elegantes. Não é nada importante, ouso dizer, apenas um pouco misterioso. Ele tinha sangue saindo de um ferimento na cabeça, e seu rosto estava vermelho vivo e começando a apresentar hematomas. Já vi ferimentos assim, então sabia que ele havia sofrido um acidente de carro. O fato de ele estar começando a ficar com hematomas me disse que ele não morreu imediatamente. Aprendi isso com Lillian. Como eu disse, ele estava pensando que havia esquecido algo importante ou que precisava fazer algo.

— A maioria deles pensa isso, para ser justo.

— Eu sei. Mas havia algo nele que parecia diferente. Achei que poderia ser que houvesse outra pessoa no carro, mas ele teria visto isso, como dissemos antes.

— Terry foi inteligente o suficiente para conseguir seu nome, então acho que devemos ir e contar ao nosso próprio anjo, Hayley. Ela saberá o que fazer, e ela está apenas virando a esquina. Ela está dando uma palestra sobre o paranormal para o Instituto das Mulheres no salão da igreja às duas horas.

— Ótimo. Eu achava tudo isso muito interessante quando estava viva. Eu assistia a todos os programas de fantasmas. Eu adoraria vê-la em ação, — disse Betty, animada.

— No entanto, ficaremos na parte de trás. Nos esconder atrás de um pilar ou algo assim. Ela pode avistar nossas orbes. Você viu o que eu fiz? Ver nossas orbes? — Terry apenas gemeu. Sinceramente, as piadas dela são péssimas!


O Becklesfield Church Hall era um prédio novo ao lado da igreja antiga. Novo em comparação com a igreja, mas fazia sessenta anos desde que foi aberta pelo prefeito. Betty comentou que teve sua quadragésima festa de aniversário de casamento lá. Abigail havia começado uma de suas aulas de dança em uma quinta-feira de manhã, mas descobriu que ela não tinha esperança, então desistiu. Ela era ainda pior no sapateado em uma tarde de sexta-feira. Ela ficou satisfeita ao pensar que não precisava se preocupar em engordar ou manter a forma.

Houve uma boa participação em "O Mundo Psíquico de Hayley Moon". Quatro fileiras de mulheres, em sua maioria, sentaram-se encantadas com sua conversa. Ela estava explicando sobre os diferentes anjos e seus nomes com a ajuda de uma apresentação de slides. Em seguida, ela passou a explicar o que as diferentes cores das orbes significavam. Devo perguntar a ela de que cor eu sou, pensou Abigail. Espero que não seja cinza. Eu sempre gostei particularmente de rosa. Não brilhante, um bom pastel seria perfeito. Hayley parecia já estar cercada de orbes e da névoa clássica de Mortos. Coitada da Hayley. Todos pareciam estar competindo por sua atenção e conversando com ela ao mesmo tempo. Não tinha ocorrido a ela antes o quão difícil deve ser para Hayley. Provavelmente, noite e dia. Ela já teve alguma paz com aqueles que tentavam entrar em contato com suas famílias por meio dela? Costura já era ruim o suficiente com o telefone funcionando o tempo todo, mas pelo menos ela poderia desconectá-lo. Hayley estava à mercê deles o tempo todo. Isso deve ser constante. Talvez eles não devessem mencionar aquele tal de Jason. Provavelmente era apenas para dizer que ele tinha um cachorro preso dentro de casa sem comida ou algo assim. Ela não gostava de pensar em algum cachorrinho ou gato morrendo de fome ou morrendo de sede, então ela decidiu mencionar isso agora que eles estavam lá. Não é como se ela estivesse pedindo para investigar um assassinato como antes. Definitivamente não havia pressa.

Hayley deve ter cedido a um dos espíritos no palco quando disse:

— Eu tenho um cavalheiro aqui chamado Gordon. Ele é muito persuasivo e mandão. Ele quer falar com sua filha, Margie. Onde está Margie? — Abigail e Betty começaram a sentir pena de Hayley, pois parecia que não havia ninguém

chamada assim lá. — Vamos, Margie. Gordon diz que você está
na terceira fila, a segunda do final. Todos se viraram para olhar.
Timidamente, uma mulher pequena e magra de cerca de 30
anos levantou a mão e se levantou.

— Sou Margie.

— E seu pai era Gordon?

— Sim.

— Ele diz que você ainda é seu lindo bolinho de massa. E
tudo vai ficar bem a partir de agora; você pode contar à sua
mãe. Ela precisa saber, e isso vai animá-la... Sério? Ah, isso é
maravilhoso. Você perdeu um bebê no ano passado, diz ele, e
você não quer dar azar ou ficar muito animada, mas seu
bebezinho chegará aqui a tempo para o Natal. Parabéns, de
todos nós. — Todo o público começou a aplaudir, vivo e
morto. Foi um momento fabuloso para terminar a conversa.
Chá e bolos caseiros foram então servidos enquanto
conversavam. Margie disse a Hayley que havia descoberto há
três semanas que estava grávida pela segunda vez, mas só
havia compartilhado a notícia com o marido. Ela riu quando
disse que agora todo mundo sabe! Algumas pessoas disseram:
— Deve ser um arranjo. Imagino que ela a conheça. Eles
apenas adivinham na metade do tempo. — Mas Hayley e
agora Abigail sabiam que sempre havia aqueles que não
acreditavam no que não pode ver. Ela estava feliz por ter dado
a Hayley a validação de seu dom. Não que ela já tivesse
duvidado disso.

Os fantasmas e orbes ainda estavam zumbindo ao redor de
Hayley e só começaram a diminuir e desaparecer à medida que
os Respiradores se afastavam, pois a esperança de falar com
seus amigos e familiares na plateia já havia passado.

Abigail, Terry e Betty esperaram até que o salão estivesse
vazio e Hayley tivesse arrumado suas anotações e
equipamentos antes de se aproximarem dela. Agora, sempre

lentamente. Eles não queriam causar um ataque cardíaco. Eles precisavam dela daquele lado.

— Isso foi incrível, Hayley, — Terry disse a ela. — Você realmente fez um ótimo show. Você poderia encher teatros fazendo isso; você faria uma fortuna.

— Prefiro a demonstração em vez do show. E eu não teria coragem. Não estou nisso pelo dinheiro. Peço apenas uma pequena contribuição para manter meu site no ar e é isso. Mas obrigada, Terry. Me sinto completamente exausta. Todos queriam um pedaço de mim.

— Não percebemos o quão difícil pode ser para você até vermos todos aqueles espíritos tentando chamar sua atenção.

— Pode ser muito cansativo, — concordou Hayley. — Sem dúvida, você também quer algo, Abigail.

— De jeito nenhum, — disse ela culpada. — Bem, não é nada importante. Era mais um trabalho para Tom, na verdade.

— Mas você não pode ter o Tom sem mim, o que é uma pena. Não tenho certeza de qual é o horário de trabalho dele esta semana. O que foi?

— Nada que seja de vida ou morte, você vai gostar de saber. É mais um mistério. Talvez um cachorro preso na pior das hipóteses. Terry conheceu esse homem, que ele acha que morreu em um acidente de carro. Ele acha que há algo que ele tem que fazer ou esqueceu. Não havia mais ninguém no carro com ele.

— Onde foi o acidente?

Terry conseguiu falar um pouco. Ele gostava de Abigail, mas ela tendia a assumir tudo.

— Isso ele não sabia.

— O endereço dele?

— Não faço ideia. Mas eu sei o nome dele. É Jason Masters. O acidente deve ter sido nos arredores da cidade, na Gorebridge Road, porque é de onde ele veio. Não ouvi nenhuma notícia de que algo tenha acontecido, então ele deve ter saído da estrada. Talvez Tom possa ver se há alguma marca de derrapagem saindo ou algo assim.

— Vou perguntar, mas não estou dizendo que ele conseguirá ter a chance hoje. Tenho certeza de que pode esperar até amanhã.

Hayley caminhou a curta distância até sua casa e caiu no sofá depois de fazer uma xícara de chá de camomila. Luna miou até que ele fosse alimentado, e os dois relaxaram juntos. Mas ela não conseguia parar de pensar no acidente de carro, então, por mais que não quisesse, acabou decidindo que tinha que ligar para Tom. Ela não conseguia se livrar da sensação de que esse Jason estava certo. Havia algo profundamente errado.

Ele atendeu no segundo toque.

— Você está com sorte, acabei de terminar. Estou tirando meu uniforme enquanto falamos. Hayley explicou a situação e o favor que ela queria que Tom fizesse.

— Lembro-me de quando você costumava me ligar para comprar um pão e um litro de leite. Como sinto falta daqueles dias. Ok, então. Vou dirigir devagar. Esperançosamente, ele também estava indo para Becklesfield.

— Sabe, querido, tenho a sensação de que ele estava.

Não foram apenas as marcas de derrapagem no final que chamaram a atenção de Tom, mas também uma cerca quebrada e uma cerca viva achatada. Ele deixou o carro na estrada e correu para ver se conseguia salvar o motorista ou algum passageiro. Ele pode estar inconsciente. Um olhar e ele percebeu que era tarde demais. O rosto foi empurrado contra o para-brisa quebrado, e seus olhos sem vida estavam olhando para frente. De qualquer forma, ele sentiu o pulso e verificou se havia algo nele que permitisse saber quem era o pobre homem. O jovem policial de folga pediu ajuda em seu celular.

— Acidente de trânsito na Gorebridge Road, na curva para Kettle Farm. Uma vítima do sexo masculino – falecido. BMW azul marinho. Placa: JSM 369. Identificação no bolso como Jason Masters. Sem endereço. Solicitando ambulância e corpo de bombeiros.

A ambulância foi a primeira a chegar ao local, a luz azul não era necessária. O mesmo com o carro de bombeiros que chegou dez minutos depois. Todos concordaram que Jason devia estar a pelo menos 130 km/h para acabar onde acabou. Havia as marcas pretas de derrapagem na estrada, depois os sulcos profundos na borda da grama e a cerca e a cerca viva tinham sido completamente destruídas. Então, para terminar, o carro bateu em uma árvore.

— Agora vocês podem ver por que os chamei, — disse Tom aos bombeiros. — Ele vai precisar ser cortado. Consegue abrir o porta-malas primeiro? Só preciso verificar.

— Claro. Aqui está... Bem, isso é um pouco preocupante, não é?

Tom olhou para dentro e viu o que o estava incomodando.

— Humm. Fita adesiva, comprimidos e abraçadeiras. — Ele colocou um par de luvas da cena do crime que sempre tinha no bolso. — Rohypnol. Sim, é melhor eu ligar para a delegacia. Johnson não vai ficar feliz; ele provavelmente está tomando seu primeiro uísque no Red Lion agora.

— Quem diabos era esse cara? Não é um bom sinal. Estou pensando em assassino em série, — disse o bombeiro.

— Estou começando a ficar feliz por Jason Masters estar morto, quem quer que seja. A perícia também terá que vir. Veja este cobertor, há muitos cabelos compridos nele. — Ele pegou o celular e se afastou dos outros. — Serge, temos um pequeno problema com o acidente de trânsito que acabei de ligar. Abrimos o porta-malas e encontramos algo... poderia não ser nada, mas havia um frasco de rohypnol, fita adesiva e abraçadeiras... sim, foi o que pensei... Johnson e Mills?... tudo bem, vou ficar aqui... eles estão tirando ele agora...Sim, vou esperar aqui por reforços, senhor.

Os bombeiros estavam colocando o corpo de Jason Masters na ambulância quando chegou um carro dirigido pelo sargento Dave Mills, com um inspetor Johnson de aparência irritada no banco do passageiro. Ele poderia saber que Bennett estava arruinando sua noite no pub. E estava acontecendo uma partida de dardos.

— O que nós temos? É melhor você não estar desperdiçando nosso tempo, Bennett.

— Espero que não, mas achei que isso deveria ser descartado. Venha ver no porta-malas, senhor.

O Sargento Mills, que era o braço direito de Johnson, era um jovem de aparência agradável e estava sempre bem-vestido – exatamente o oposto de seu chefe, cujo cabelo grisalho crescia tão rápido que sempre precisava ser cortado. Por outro lado, Mills gastava muito dinheiro com seus cortes de cabelo, algo que ele não havia deixado de fazer quando Isabella teve o bebê. Todos deram uma boa olhada. Mills disse:

— Alguns cabelos compridos neste cobertor também.

O inspetor não queria nada mais do que ver Bennett em apuros por perda de tempo.

— Sim, mas poderia ser o cabelo de sua esposa depois de um piquenique. Então, que seja em sua cabeça, policial. O Chefe não ficará feliz se chamarmos a perícia e fizermos disso uma cena de crime, se for apenas um acidente. Coloque a fita, Mills, e comece a trabalhar.

Tom recebeu uma mensagem de volta da verificação da placa do veículo.

— Jason Masters. 34 anos, de Rook Cottage, Green End Lane.

— É melhor fazermos uma visita aos parentes mais próximos. — Johnson deu um sorriso malicioso. — Não pense que você vai para casa se eu não puder, Bennett. Siga-nos. Não há mais nada que possamos fazer.

Mills entrou no carro e digitou o endereço no navegador de satélite.

— Onze minutos, senhor. Luz azul?

— Por que não? Quanto mais cedo contarmos a eles, mais cedo poderei voltar para casa. — *Casa?* pensou Mills. É mais como o pub. Dave Mills tinha uma filha de seis meses de idade, então ele também estava torcendo para que fosse cedo para casa. Os dois ficariam desapontados.

# Capítulo Catorze

Tom não conseguia dirigir tão rápido quanto eles, mas ainda assim conseguiu ficar atrás deles quando viraram à esquerda em uma entrada de automóveis, ladeada por cercas vivas de ambos os lados, até chegarem a Rook Cottage. O cascalho rangia sob seus pés enquanto eles iam até a pequena varanda. Urtigas e ervas daninhas cercavam o caminho. Havia um arco de espinhos emoldurando a porta da frente, onde antes havia rosas.

— Está bem fora do caminho, não é? Quem gostaria de morar aqui? — disse Johnson. Certamente não parecia bem adequado para um jovem em um BMW quase novo. Era uma propriedade antiga e em ruínas que precisava muito de reparos. — Talvez uma avó idosa tenha deixado isso para ele. — Mills bateu na pesada aldrava preta que era alta o suficiente para acordar os mortos. — Tente novamente... Certo, ninguém aqui. Vamos, — disse Johnson, enquanto voltava para o carro.

Estava começando a escurecer, mas Tom decidiu olhar ao redor do lado de fora da cabana. A grama estava coberta de mato e as telhas estavam faltando no telhado, ele notou.

— Há uma luz acesa lá em cima, senhor. E a janela está quebrada. E olhe aqui... é uma bota de mulher.

— Eu disse que era um lixão. Não temos nada a ver com isso. Vamos lá. Podemos voltar amanhã.

Mills colocou as mãos nos quadris.

— Eu acho que Bennett está certo, senhor. Essa bota parece limpa. Algo parece errado, e depois do que encontramos no carro, acho que devemos dar uma olhada.

— Vou me sentar no carro. Bennett, arrombe a porta. Você pode explicar o porquê.

Como a porta estava em mau estado, ela cedeu depois de dois bons chutes. Eles acenderam a luz e deram uma olhada por aí. Por dentro, era uma história totalmente diferente. Tudo parecia novo e nada estava fora do lugar. Uma cozinha toda branca havia sido acrescentada em algum momento, e parecia que estava bem arrumada. Quem quer que fosse Jason Masters, ele era um perfeccionista em casa, ou isso ou morava em outro lugar, talvez em um apartamento em Londres, pensou Tom.

Eles subiram as escadas para os dois quartos e um banheiro. Nada parecia estar errado. Havia uma pesada e longa cortina vermelha contra a parede no final do corredor. Tom a puxou para trás, esperando ver uma janela, mas, em vez disso, havia uma velha escada de madeira que levava a uma porta de carvalho. A luz brilhava ao redor das bordas. O mais preocupante é que havia um parafuso na parte superior e inferior. O sargento Mills e o policial Bennett se entreolharam, e ambos sabiam exatamente o que iriam encontrar. Nenhum deles sentiu a necessidade de buscar o chefe. Quem quer que estivesse atrás da porta não precisava dele lá.

Mills disse que ambos deveriam colocar as luvas, e ele puxou os dois parafusos para trás e abriu lentamente a porta rangendo.

— Oh, meu Deus, é uma garota. Rápido!

Tom correu para a cama e sentiu seu pescoço pulsar.

— Ela... ainda está viva?

— Ambulância para Rook Cottage, Green End Lane. Perto de Becklesfield. Mulher inconsciente, mas respirando. Rápido.

— Eu me pergunto há quanto tempo ela está aqui. Senhorita, pode me ouvir? Nós somos policiais. Você vai ficar bem.

A jovem gemeu e tentou afastar Tom.

— Não, está tudo bem. Sou o policial Bennett, e este é o Sargento Mills. A ambulância está a caminho. Devemos dar-lhe um pouco desta água.

— NÃO. Não toque nisso, Tom. Impressões digitais, lembre-se. Deixe os paramédicos cuidarem dela. Qual é o seu nome?

— Jessica Green... Miles.

— Ela disse milhas? Isso é um nome ou ela percorreu um longo caminho? É melhor eu ligar para o chefe. Ele não vai ficar feliz. — Mills pensou em sua própria garotinha, ainda um bebê. Mas se alguém tivesse feito isso com ela, ele o rastrearia e o mataria.

Tom segurou a mão dela.

— A ambulância está chegando, Jéssica. Você vai ficar bem. Devemos levá-la para baixo? Vai economizar tempo, Dave.

— Boa ideia. Nós temos que manter a cena do crime limpa. Não queremos todos aqueles pés aqui. — Ele pegou o celular. — Senhor, encontramos uma garota... Não, ela está viva... A ambulância deve chegar em breve... Ok. Vejo você em um segundo. — Eles levaram Jessica até o sofá e a deitaram gentilmente. Tom tirou dois longos fios de cabelo escuro do rosto dela.

— Você está bem agora, querida. A ajuda está a caminho. — Ela estava dormindo ou inconsciente, eles não tinham certeza de qual. Tom estendeu a mão e colocou sobre ela.

O inspetor Johnson entrou e ergueu um dedo para silenciá-los.

— Sim, chefe. Mandei meus homens entrarem na propriedade e encontramos a garota... Obrigado, Sr. Eu sei, se eu não tivesse feito essa ligação, poderíamos estar olhando para um assassinato... Muito gentil da sua parte... Sim, farei a coletiva de imprensa pela manhã.

Mills revirou os olhos.

— O senhor vai receber um reconhecimento, não é, senhor? — disse ele, sarcasticamente.

— Eu vou mencionar você também, sargento, não se preocupe. — Ele não tinha intenção de dizer a eles qual era a participação de Tom no caso. Mas ele perguntou: — Como ela está?

— Ela está congelando, mas seu pulso está forte. Acho que ela está mais desidratada. — Ele beliscou um pouco da pele do braço dela e ela não se recuperou. — Pois é, ela está! Devo ver se consigo fazer com que ela beba um pouco de água?

— Agora também somos médicos? — Mas então eles ouviram a sirene e viram uma luz azul. A ajuda havia chegado.


Era duas da manhã quando Tom entrou pela porta da frente. Hayley correu para a porta para encontrá-lo. Ela podia ver pelo rosto dele que ela estava certa em estar preocupada. Ele havia telefonado para dizer a ela que havia encontrado o carro e que as viaturas estavam a caminho, mas depois não houve mais notícias. Mas ela não precisava ser vidente para saber que algo estava errado.

— Querido, venha aqui. Eu tenho estado tão preocupada com você. Você está bem? — Ela o segurou com força e beijou sua bochecha. — Venha e sente-se. — Luna acordou e correu para encontrá-lo. Ele miava e se roçava nas pernas até ser pego e depois se enrolou no colo de Tom. Para começar, ele não queria "o maldito gato", como ele o chamava. Mas agora Hayley achava que ele passava mais tempo acariciando e brincando com ele do que com ela. E todas as noites, de alguma forma, Luna estava encolhida na cama ao lado de Tom. Ela teve sorte de dar uma olhada quando ele estava em casa.

— Traga-me um pouco de chá, por favor. Na verdade, um uísque. — Ela serviu um para cada um deles. — Aqui está. Conte-me o que aconteceu.

— Você não vai acreditar. Esperei pelo corpo de bombeiros e pela ambulância. Pensei no que você disse sobre estar preocupada e então abrimos o porta-malas.

Hayley colocou as mãos na boca.

— Não é um corpo?

— Não. Mas algo tão ruim quanto isso. Rohypnol, abraçadeiras e fita adesiva. A Santíssima Trindade de assassinos em série e estupradores. — Nem Hayley esperava por isso. — O inspetor Johnson e Dave Mills chegaram e assumiram o controle. Ele simplesmente me ignorou por ter feito a descoberta e não ficou muito satisfeito por ter que trabalhar durante o horário de funcionamento do pub. Agora ele realmente está me pressionando.

— Não preste atenção. Tenho a sensação de que você será o chefe dele em breve. Ou isso ou ele será demitido.

— Eu gostaria. Então, eles obtiveram o endereço do sujeito no registro de veículos: Rook Cottage. Isso está bem no meio do caminho. — Tom estufou as bochechas.

— Vá em frente, diga. O que você descobriu?

— Era um lugar antigo e em ruínas. Acontece que foi sua avó quem deixou isso para ele alguns anos atrás. Ele não morava lá durante a semana. Estava na escuridão, então não parecia que ele tinha esposa e filhos, mas havia luz de uma janela quebrada no sótão.

Hayley colocou a mão no coração.

— O que tinha lá? — disse ela, temendo a resposta.

— Uma jovem trancada em um quarto. Foi a pior coisa que já vi.

— Me diga. Ela estava morta?

— Quase. Se não fosse por você...

— E você.

— Ela mal estava consciente. Não tínhamos ideia de quanto tempo ela estava lá. Ela voltou a si um pouco depois de os paramédicos terem colocado um soro. Ela estava totalmente desidratada. Eles a levaram para o Hospital Gorebridge e ela está indo bem. O nome dela é Jessica, Jessica Green. Ela continuava dizendo que o nome de seu sequestrador era Miles. Mas sabíamos que era Jason. Ainda bem que tem chovido ultimamente, a chuva escorria pela janela que ela havia quebrado, então ela bebeu um pouco. Eles acham que a água que estava lá havia sido drogada. Garota esperta. Isso partiu meu coração, Hayley. Ela tinha um anjo da guarda, com certeza.

— Mais como Tom Angel. Se você não tivesse encontrado o carro, ela teria morrido, querido.

— Eu só gostaria que pudéssemos acusar o desgraçado. Ele se safou, não foi? O inspetor Johnson, que ainda está cuspindo fogo pelo fato de ter sido eu quem encontrou o carro, fará uma busca forense completa na casa e no terreno ao amanhecer. Ele acha que ela não foi a primeira. Definitivamente haverá evidências de outras.

— Tenho certeza disso, querido. Eu tenho um sexto sentido de que eles devem começar no jardim. Sob a macieira...

## Capítulo Quinze

D ois dias depois, Hayley foi à biblioteca para contar a eles sobre a descoberta horrível, que foi exatamente onde ela disse, sob a macieira. Abigail havia ido vê-la no dia anterior para ver se haviam encontrado o carro. Ela não podia acreditar quando soube o que havia vindo à tona. O pensamento de que eles quase não fizeram nada sobre isso era terrivelmente assustador para eles. Abigail sentiu o tipo de pressão que sua amiga teve por todos esses anos.

Hayley prometeu avisá-los do que os investigadores da cena do crime haviam encontrado na propriedade assim que Tom contasse a ela, mesmo que estivesse em todos os noticiários. A imprensa estava do lado de fora da Rook Cottage desde que a notícia foi divulgada pela primeira vez. *Cottage of Hell*, foi a manchete de um dos tabloides. Felizmente, o sargento Mills conseguiu chegar ao Sr. e à Sra. Green antes que eles ouvissem de outro lugar.

Hayley correu para contar aos outros assim que teve a confirmação de que havia outras vítimas. Mas não até depois que ela desabou, pensando no que as pobres garotas haviam passado em suas últimas horas na terra.

Assim, com o nariz vermelho e os olhos ensanguentados, Hayley seguiu pela movimentada Becklesfield High Street até a biblioteca. Abigail e Lillian esperavam ansiosamente por ela.

— Havia seis corpos juntos. Todos eles foram enterrados em covas rasas. Ele nem se deu ao trabalho de cobri-los tão bem. E havia mais de dez conjuntos diferentes de impressões digitais no sótão, no chão e na cama. Eles acham que deve ter havido algumas que não foram relatadas. Elas podem ter sido drogadas o tempo todo e ele as levou de volta e as empurrou para fora do carro. Pode ser que tudo saia agora. Todas aquelas garotas que sabiam que foram agredidas, mas não sabiam dizer, podem ter alguma paz de espírito agora. Acho que haverá muito mais pessoas que falarão. E elas ficarão satisfeitas em saber que ele está morto e não pode fazer isso com mais ninguém.

— Espero que algumas delas e suas famílias prefiram que ele apodreça na cadeia. Mas pelo menos não precisam testemunhar no tribunal. Quanta sorte Jéssica teve. Mesmo que não façamos mais nada, salvamos a vida daquela pobre garota. Como está o Tom? Deve ter sido um verdadeiro choque para ele.

— Ele não falou muito, mas isso realmente o afetou. Ele mal dormiu naquela noite e ainda tinha que estar de plantão às oito horas. Johnson está recebendo todo o crédito, é claro. Mas o Chefe de Polícia queria saber quem encontrou o carro e parabenizou Tom. Cada detalhe ajuda.

— Estremeço ao pensar que quase ignorei Terry e disse que não deveríamos nos preocupar em investigar o problema de Jason. Isso mostra que "todos os problemas, grandes e pequenos" é um bom slogan a ser seguido, — disse Abigail, chocada.

— Onde está Terry? Eu esperava que ele estivesse aqui.

— Ele foi encontrar Jason e trazê-lo para a biblioteca. Mal posso esperar para confrontá-lo. Acho que ele vai direto para o inferno. Se Jim o fez, ele merece. É muito perturbador. Mandei Betty e Suzie levarem o gato para passear... Ah, sim, agora também sou a senhora louca dos gatos!


Um jovem de aparência arrogante entrou pela grande janela, enquanto Terry o seguia com cara fechada. Jason Masters parecia o homem perfeito – rico e extremamente bonito. Isso só mostra que você nunca pode se deixar levar pela aparência, Abigail sussurrou para Hayley.

— Nós temos algumas notícias para você, Jason, — ela começou.

— Não se preocupe com isso, querida. Eu já sei. Eu estava lá quando um cara encontrou o carro e abriu o porta-malas. Tudo voltou à minha memória naquele momento.

— Então agora você sabe com o que estava preocupado: a garota no sótão.

— Ela? Aquela coisinha comum? Não seja ridículo. Eu estava preocupado com as drogas e as abraçadeiras no porta-malas, estúpido. Eu estava pensando que poderia ter me livrado delas e esperava que ela estivesse morta. Eles não podiam ter certeza de que era eu naquela época. Eu só me importo com mamãe e papai. Vai ser difícil para eles. Ela pode me identificar agora e dizer à polícia meu modus operandi, por assim dizer. Quem diria que ela ainda estaria viva dias depois?

— Então, não é tão inteligente quanto você pensa. Ela teve a coragem de sobreviver, você é apenas um covarde.

— Eu nunca me afasto de uma briga e não se esqueça disso, — disse ele cruelmente.

— Está se aproximando uma briga pelo que você fez, Jason Masters, que você não pode vencer. O inferno espera por você.

Sua culpa o levará lá por toda a eternidade. Então, você não será tão durão e arrogante. Portanto, não se acostume muito aqui, seu desgraçado, — disse um Terry no qual Abigail nunca tinha visto com tanta raiva.

— Culpa? Ah, é aí que você e eu somos diferentes. Entre você e eu, não sinto culpa alguma. Nem um pouco de remorso. Todas gostavam de mim, então dei a elas um pouco de Jason.

— Você tinha que drogá-las primeiro, não é? Seu bastardo. Você terá seu castigo, — disse Hayley.

— Você deve ser a vidente de quem ouvi falar. É melhor você ter cuidado. Assim que puder, vou aprender a assombrar. Eu tenho uma lista e você acabou de ser adicionada a ela.

— Não tenho medo de você. O diabo cuida dos seus e você brinca com fogo, você vai se queimar.

— Mais algum ditado, querida? Você só tem que ter cuidado. De qualquer forma, eu diria que é um prazer conhecê-los, mas não é. E se não me engano, esta é a minha deixa para sair. Vejo uma jovem simpática. Eu me pergunto onde ela mora. Tchau. — Ele olhou para Abigail e piscou enquanto se afastava.

— Terry, você tem que fazer algo. Deve haver algum tipo de lei. Ele não pode simplesmente se safar.

— Tenha fé, querida, — disse Hayley. — O Senhor trabalha de jeitos misteriosos.

— Ele com certeza trabalha, — disse Terry. — Olha.

Do outro lado da sala, uma névoa negra entrou. Ela se separou e eles viram os espíritos de seis jovens. Todas pareciam zangadas e seus olhos assombrados e escuros se concentravam em apenas uma pessoa – o homem que havia tirado suas vidas. O homem que lhes negou a chance de se casar e começar uma família e viver uma vida longa e feliz. O ódio nelas era palpável e, enquanto seguiam o arrogante Jason para fora, Abigail quase sentiu pena dele.

— A vingança é minha, diz o Senhor, — Abigail disse em voz alta para ninguém em particular.


Depois que Hayley saiu e Betty e Suzie voltaram com Tiggy, Terry disse a elas o que haviam perdido. Elas ficaram muito aliviadas com o fato da garota ter sobrevivido. Sua última investigação com Jim não foi um final feliz, mas esta foi. Abigail estava pronta para uma celebração, mas Lillian teve uma ideia melhor e disse que todos deveriam ir visitar Jessica no hospital. Ela não estava lá há alguns meses e, para Suzie, era a primeira vez desde que ela havia falecido.

— Eu acho que todos nós queremos verificar se ela está bem. Levará anos para superar algo assim mentalmente e será bom colocar um rosto no nome. Ela era nossa cliente, afinal. Nem ela sabia.

Todos concordaram que essa era uma ideia maravilhosa, até que Abigail pensou a que distância Gorebridge ficava quando não se podia simplesmente entrar em um carro. Mas Terry tinha isso sob controle.

— O ônibus número 8 do lado de fora dos Correios. De hora em hora, a cada hora.

Eles até conseguiram assentos, pois havia apenas três aposentados a bordo, todos usando seus passes de ônibus gratuitos. Abigail se sentiu um pouco culpada por viajar sem pagar. Mas Betty estava em seu elemento, ela estava usando um há anos. Suzie apertou a campainha quando se aproximaram do hospital, mas o motorista do ônibus parecia muito irritado com os aposentados quando abriu as portas e ninguém desceu. *Pessoas idosas*, pensou ele. Eles nem sequer pagam!

## Capítulo Dezesseis

Eles ficaram surpresos ao ver o lado de fora da entrada do hospital cheio com a imprensa. Havia duas vans de televisão e pelo menos três repórteres sendo filmados e falando em microfones. Jessica Green estava certa; ela seria famosa. Infelizmente, Abigail pensou que Jason Masters também seria.

Jessica Susan Green, como dizia em seu prontuário, estava apoiada em seus travesseiros e parecia muito pálida. Seu cabelo comprido, ainda emaranhado, havia sido puxado para trás em um rabo de cavalo. Ela tinha vários fios conectados a ela e um soro na parte de trás da mão. Quando a imprensa soube da história, ela recebeu seu próprio quarto na parte privada do Hospital Gorebridge. Seus pais e sua irmã, Holly, que se parecia muito com ela, estavam sentados ao redor da cama. Jéssica estava tentando sorrir para eles, pois podia ver que todos mostravam sinais de terem chorado. Eles quase desmaiaram quando o sargento Mills bateu na porta para contar o que havia acontecido, felizmente uma hora antes de ouvirem na televisão e nas redes sociais.

— Você está em todas as estações e jornais, Jess, — Holly disse à irmã. — Você sempre quis ser famosa.

— Não assim, — disse uma Jessica rabugenta. — Foi no Sky News? — sussurrou ela.

— Sim, eu te disse. Meu telefone tocou a manhã toda. Todos estão me perguntando o que aconteceu. Ah, e para ver como você está, é claro. Nós, quero dizer você, vamos ficar ricos. — Jessica não conseguia deixar de sentir que Holly estava gostando um pouco demais disso. Ela se lembrava de que, em seus momentos mais difíceis, havia dito a si mesma que poderia aparecer na televisão, mas agora que estava segura, isso não poderia compensar o horror de tudo aquilo.

— A polícia vai querer falar com você mais tarde, Jess, — disse a mãe, que não soltou a mão dela. — Eles querem saber o que aconteceu, mas eu disse a eles que não até que você esteja muito melhor. Aquele bom sargento Mills ficou tão impressionado com o que você fez. Ele nos disse que você quebrou a janela e não bebeu a água porque estava drogada e vivia da água da chuva que você coletou na garrafa vazia. Você foi muito corajosa, Jess. Pelo menos ele está morto e não pode fazer isso com mais ninguém. Juro por Deus, nunca mais vou te perder de vista. Você terá que voltar a morar comigo e com seu pai assim que sair daqui. — Jéssica gemeu ao pensar nisso. Como se ela não tivesse passado pelo suficiente.

Lillian sorriu para ela e acariciou seus cabelos. Ela tinha visto muitos pacientes que sofreram traumas quando trabalhou no hospital, mas essa foi a experiência mais angustiante de que já ouviu falar. Mas ela tinha a sensação de que Jessica conseguiria superar isso. Ela tinha uma família amorosa para se apoiar. Era apenas uma pena que ela não tivesse a chance de dar seu lado em um tribunal. Mas isso provavelmente foi o melhor. Agora, Jessica e seus entes queridos deveriam saber disso. E, com sorte, um terapeuta. Ela não tinha ideia de que

Jessica esperava adicionar algumas personalidades da televisão a essa lista.

Lillian pensou em como era estranho voltar para o lugar onde sua vida havia terminado. Ela olhou para si mesma – ainda em seu uniforme azul-marinho, limpo e nítido como no dia em que terminou seu último turno. Seu relógio estava preso no peito e duas canetas no bolso de cima. A lama em seus sapatos pretos planos era a única coisa que a teria impedido de começar seu turno na ala infantil.

Ela olhou para Suzie, que sorria gentilmente para Jessica e escutava a conversa entre pais e filha. Nunca viu qualquer amargura nela pelos bons momentos e pelo amor que havia perdido. Lembrou-se do dia em que Suzie chegou na maca. Ela lutou muito contra a morte depois que um motorista bêbado a atropelou. Mas o impacto em sua cabeça desencadeou meningite, e ela nunca mais recobrou a consciência. Lillian estava ao lado da mãe de Suzie, que segurava a mão da filha, e sussurrou: "Não se preocupe, eu cuidarei dela até você vir," mas não houve sinais de que Suzie a tivesse ouvido. E quando Suzie deu seu último suspiro, Lillian estava lá para segurar sua mão enquanto ela deixava seu corpo terreno. Isso foi há dois anos, e Lillian nunca a deixaria. Não só pela promessa que fizera à mãe, mas porque a amava como se fosse sua própria filha.

Ela foi tirada de seus devaneios por Holly dizendo:

— Eles acham que uma médium disse à polícia onde você estava. Ela teve uma visão.

— Você está brincando. — *Isso soará bem quando Piers Morgan me entrevistar,* ela pensou, antes de adormecer mais uma vez. Os sonhos felizes de fama e fortuna logo se transformaram em um pesadelo onde ela estava perdida em um labirinto sem saída.

·  ·  ·

Terry os chamou para mostrar quem ele acabara de reconhecer no corredor. Eles sentiram que era hora de deixar Jéssica com seus visitantes de qualquer maneira. Betty decidiu fazer sua parte e ser uma visitante do hospital nas enfermarias da geriatria. Embora ela odiasse essa palavra. Ela preferia as "enfermarias de idosos". Geriátrico não soava nada amigável. As chances eram de que alguém que ela conhecia fosse um paciente lá. Quando ela estava viva, ela esteve em um funeral após o outro nos últimos anos. Em sua família, ela foi a última a ficar de pé. Sua irmã mais nova, Phyllis, havia morrido no ano passado, então não havia mais ninguém para rir da diversão da infância ou lembrar dos tempos difíceis. O preço de viver uma vida longa, ela tinha que admitir.

Terry apontou para uma mulher de aparência séria vestida com uma saia lápis e uma jaqueta.

— Está vendo-a ali? Essa é Celia Hanson do Chiltern Weekly.

— Ela está cobrindo o sequestro? — perguntou uma Abigail intrometida.

— Não. Lamento dizer que ela está morta.

Abigail sentiu uma pontada de ciúme e não tinha certeza se queria conhecê-la. Aqui ela estava de pijama e a naturalmente esbelta Celia estava vestida com um terno perfeitamente ajustado e um penteado brilhante sem um fio de cabelo fora do lugar. Naquele momento, ela viu seu reflexo em uma porta de vidro e isso não ajudou em nada. Sua mãe sempre dizia: "você tem uma massa de cachos", quando havia um grande tufo na parte de trás, mas ela estava apenas brincando e tentando fazê-la se sentir melhor. Então ela tentaria gentilmente penteá-lo. Como seria adorável vê-la e rir de seu cabelo de cama mais uma vez. Ela se olhou de todos os lados. Pena que ela comeu aquela pizza seguida de uma grande fatia de bolo de cenoura na sua última refeição. Mas, além das roupas de cama e da parte de trás do cabelo, ela realmente parecia bem. Não usava maquiagem, o que era uma pena, mas ela poderia ter sido espalhada pelo rosto, então tinha que ser grata pelas pequenas bênçãos.

— Quando você terminar de se admirar, podemos ir e dizer olá? — disse Terry impaciente. Abigail murmurou algo baixinho. Honestamente, esse homem poderia ser tão mal-humorado às vezes.

— Olá novamente, Celia. O que traz você aqui? Você está aqui para fazer uma história sobre Jéssica? Você sabe que está morta, certo?

— Haha, Terry. Não, eu não esqueci. Você não vai me apresentar às suas amigas?

— Esta é Abigail, uma recém-chegada, a jovem Suzie, e esta é Lillian.

— Você não é Lillian Yin, é?

— De fato, sou. Já nos encontramos antes?

— Não. Mas você é uma das razões pelas quais estou aqui. Vamos para a cantina dos funcionários. Há mais espaço. — Felizmente, havia muitas mesas vazias para escolher.

— Vocês são do grupo ADM de que todos estão falando? Eu vi os cartazes, e há muitos rumores circulando sobre os Hattons de Chiltern Hall.

Terry conseguiu falar antes de Abigail, para variar.

— Sim, somos nós – a Agência de Detetives Mortais. Você deseja usufruir de nossos excelentes serviços?

— Isso passou pela minha cabeça. Mas foi uma completa coincidência que nos encontramos aqui. E era você, Lillian, que eu esperava encontrar em algum momento.

— Agora estou intrigada, — disse ela. — Acho que não posso lhe dizer muita coisa. Com certeza nada que seja digno de um jornal. Provavelmente sou a mais chata de todos nós. Eu era enfermeira e tive um ataque cardíaco. Suzie é a melhor e mais importante coisa que já me aconteceu em duas vidas.

— Aah, é aí que você se engana. Mas é melhor começar do início. Terry vai te dizer que eu morri há cerca de três anos, e eu era uma ótima repórter investigativa. Minha área de atuação era qualquer morte suspeita, e eu costumava passar a maior parte do tempo com os médicos legistas e em inquéritos nos tribunais. Depois, eu acompanhava os obituários de todos os jornais locais e o do Times etc. Tenho uma daquelas memórias que nunca esquecem nada. É por isso que eu era tão boa no que fazia. Eu não precisava fazer taquigrafia ou registrar minhas fontes. Eu me lembraria de tudo. Portanto, antes de morrer, ouvi falar de um caso que era uma cópia fiel de outro que havia acontecido alguns anos antes, e o alarme soou. Ambos foram considerados morte natural devido a infarto do miocárdio – ataque cardíaco, como você bem sabe, Lillian. Fui ver meu editor e contei a ele sobre o primeiro assassinato e depois o último. Ele me disse para seguir com a ideia, mas que fosse discreta por enquanto.

— Fascinante, — disse Abigail. — O que você descobriu depois?

— Fui à biblioteca e dei uma olhada em cópias antigas do Chiltern Weekly.

— Eu tinha esquecido que você podia fazer isso. Pode ser útil para nós se conseguirmos um caso antigo. Desculpe, continue. — Terry revirou os olhos. Abigail estava realmente assumindo o controle de tudo e nunca dava a ninguém tempo para falar.

— A primeira foi uma enfermeira chamada Doreen Gray. Ela morreu inesperadamente ao sair do trabalho no Hospital Geral de Gorebridge. Supostamente um ataque cardíaco. Ela tinha trinta e oito anos. A única coisa suspeita na autópsia foi uma pequena picada de alfinete nas costas. Caso contrário, foi atribuída a causas naturais. Você sabe o que vou dizer, não é, Lillian?

— Você está enganada.

— O segundo caso que investiguei foi a morte da enfermeira registrada, Lillian Yin de 32 anos. Terminou o trabalho às oito horas e caminhou até seu carro no estacionamento dos funcionários. Causa da morte – ataque cardíaco, com uma marca de alfinete nas costas. Sinto muito, de verdade.

Lillian não acreditou por um minuto. Ela teria sabido, tinha certeza disso. Ela era enfermeira. Ela sabia como era um ataque cardíaco. Não, ela estava errada.

— Como você sabe que não foi uma coincidência? Tenho certeza de que depois de um turno de doze horas não é tão incomum. Eu trabalhava na ala infantil; pode ser muito estressante.

— Eu sei, você tem razão. Espero estar errada.

— Isso é uma grande coincidência, — concordou Terry.

— Eu não terminei ainda. Descobri ontem que houve outra morte. Com isso, já são três!

— Oh, pelo amor de Deus. Não sei se quero ouvir isso, — disse Lillian.

— Alguém precisa parar, Lillian, — disse Abigail. — Nós podemos ajudar Celia.

— Você tem certeza de que não está apenas animada por sua preciosa Agência de Detetives, Abigail? Você já afastou alguém por quem eu estava me apaixonando. O que você vai fazer comigo? Tudo porque você está gostando de brincar de detetive.

— Sei que é uma coisa horrível de se dizer. Eu nunca te machucaria deliberadamente, Lillian. Ou qualquer pessoa. E Jim era um assassino. Você realmente queria passar a eternidade com ele?

— Não, claro que não. Mas isso parecia divertido quando

começamos e agora não tenho tanta certeza. Preciso sair daqui por um tempo. Vamos, Suzie, vamos dar uma volta. Preciso entender isso e não quero que você ouça mais nada.

As duas saíram sem falar.

— Ela não quis dizer isso, Abigail, — disse Terry. — Foi apenas o choque que a fez atacar. — Ele sabia que ela poderia ser mandona e falar sobre as pessoas, mas ela não merecia isso. E, para falar a verdade, antes de ela chegar, eles eram apenas espíritos pairando, tentando passar pela eternidade. Eles tinham um propósito agora. Você poderia até dizer que eles estavam corrigindo erros. Colocando o mundo em ordem, como se costuma dizer. Ele não tinha feito muito na vida. Nunca se casou ou teve filhos e até hoje nunca salvou a vida de ninguém. Mas o fato de Jessica estar viva e se reunir com sua família dependia dele e da agência de detetives de Hayley e Abigail. Ele tinha um pouco de ciúme do fato de ela levar todo o crédito, falar e tomar as decisões, mas a verdade é que eles precisavam dela e nunca teriam pensado em fazer isso, ou ousado fazê-lo. Ela também era boa nisso. Ela tinha o tipo de mente que separava o joio do trigo. — Você fez a diferença para todos nós. Eu não quero que você fique chateada. Tenho certeza de que ela se desculpará quando voltar.

— Eu não poderia saber que ela descobriria isso hoje, poderia? — Abigail se sentiu um pouco animada com as palavras gentis de Terry. Ela percebeu que era importante que ele gostasse dela. Ela estava sentindo algo por ele? A diferença de idade também parecia estar diminuindo e, na verdade, ele era bastante bonito, ela percebeu.

Celia a assegurou de que não tinha nada a ver com ela.

— Agora posso, por favor, continuar com minha história? Obrigada. Como eu estava dizendo, ao longo dos anos, venho aqui com frequência para verificar as coisas e, na verdade, ainda participo de qualquer inquérito que pareça interessante. Estou ansiosa pelo seu, Abigail. Você terá que vir junto. Deve ser muito interessante.

— Acho que vou passar. Sempre se diz que os bisbilhoteiros nunca ouvem coisas boas sobre si mesmos. Tenho medo de pensar no que ouviria. Uma coisa que vou fazer é assistir ao processo judicial de Charles Hatton. Eu quero vê-lo preso por toda a vida. Se não fosse por ele, Jim e eu ainda estaríamos vivendo nossas vidas.

Os pensamentos gentis que Terry tinha sobre Abigail estavam desaparecendo novamente.

— Você pode calar a boca e deixar Celia terminar, por favor!

— Desculpe, claro.

— Onde eu estava? Então, eu estava aqui quando encontrei alguém da enfermaria na emergência. Quero dizer, eu sei quando alguém está morto. O corpo real também estava na nossa frente. Os médicos estavam dando choques no corpo com aquelas pás, mas já era tarde demais.

— É horrível ver seu corpo sendo tratado e saber que é inútil. Sinto muito por ela. E você acha que ela é a terceira vítima?

— Bem, essa é a parte engraçada. Não era uma mulher; era um homem.

— O pobre homem estava em estado de choque, como de costume. Quero dizer, eu já vi de tudo antes. Eu sei que você é o mesmo, Terry. Você tenta explicar da maneira mais fácil e gentil o que aconteceu.

— Ele fez isso comigo, — disse Abigail e sorriu para ele.

— Ele é muito bom nisso. Melhor do que eu, na verdade. Eu já estava me perguntando se esse seria o terceiro assassinato de uma enfermeira no hospital, mas isso jogou todas as teorias que eu tinha pela janela, porque eu pensei que era mais provável que fosse por motivo sexual. Mas depois de falar com ele, não tenho dúvidas de que é o mesmo assassino.

— Conte-nos sobre ele, — disse Abigail.

— Ele é um estudante do segundo ano. O nome dele é Josh Latham e ele tem trinta e quatro anos.

— É um pouco velho para um estudante, não é?

— Ele era bombeiro, mas se machucou e não pôde mais trabalhar com isso. Ele queria ser um paramédico no início, mas depois pensou que já estava farto de ser chamado em emergências. Então, ele teve que começar do zero novamente e estudar para ser enfermeiro. Ouvi dizer que ele era muito bom em seu trabalho. E pacientes e médicos pareciam gostar dele. Mas suponho que sempre dizem isso quando alguém morre.

— Então, o que te faz ter tanta certeza de que é o mesmo que os outros?

— Três coisas, Terry. Primeiro, ele estava perto do fim de um longo turno de trabalho no pronto-socorro. Segundo, ele teve uma morte súbita e inesperada, e esta é a primeira vez que tenho uma confirmação real – a última coisa que ele se lembra é de algo como uma seringa sendo empurrada em suas costas!

# Capítulo Dezessete

Lillian estava se arrependendo de pedir a Suzie para ir com ela. Ela teria preferido ficar sozinha. Ela não queria que ela visse o quão chateada estava. Ela passou os anos desde que estavam juntas tentando ser feliz e sempre estar alegre e positiva. Naquele momento, ela não estava apenas chateada; ela também estava com raiva. Mais do que ela jamais esteve em vida e, certamente, na morte. Como alguém desconhecido se atreve a fazer isso com ela. Ou talvez não desconhecido. Poderia haver uma chance de que alguém com quem ela passou um tempo no hospital tivesse feito isso? Ela não sabia o que era pior. Ela queria viajar. Talvez até ir para a Austrália para trabalhar. Uma de suas amigas fez isso e adorou. Seria difícil ficar em paz agora. Ela sentiu uma pontada de arrependimento por descontar em Abigail. Não era culpa dela, e ela estava apenas percebendo o sentimento horrível que era ter sido assassinada. Ela defendeu Jim contra Abigail. Ela se desculparia quando tivesse uma chance. Uma coisa era morrer de doença ou acidente; isso é como um ato de Deus. Mas outra pessoa tirando sua vida sem um bom motivo era um desperdício. A promessa que ela fez à mãe de Suzie seria mais difícil. Ela não queria mais encarar seu futuro. Talvez ela devesse seguir em frente e atravessar. Suzie provavelmente ficaria melhor sem ela.

Lillian olhou em volta e viu que Suzie não estava mais ao lado dela. Ela andou rápido demais para suas perninhas. Suzie pediu que ela esperasse. Agora não, Suzie, ela pensou consigo mesma.

— Não me afaste, Lillian. Quero ficar aqui com você. Você fez muito por mim. Você sabe o quão assustada eu teria ficado se não fosse por você? Quão assustada eu ainda estaria sem você? Ainda posso parecer ter nove anos, mas não sou mais uma criança. Precisei crescer rapidamente e, depois, aprendi e cresci com tudo o que vi, e tudo isso se deve a você. Sou adulta de várias maneiras. Você não sabe que podemos cuidar uma da outra agora?

— Oh, Suzie, o que eu faria sem você? Eu te amo tanto. Me dê um abraço. — Então ela sabia que manteria sua promessa. Ela também tinha Suzie e seus amigos. — Quer se juntar aos outros ou voltar para Tiggy?

— Tiggy. Podemos vê-los amanhã.

Enquanto isso, Betty estava fazendo suas rondas pelas enfermarias. Um dos pacientes acabara de falecer. Brian, que estava na casa dos oitenta anos, estava preso em um hospital há meses e estava encantado por finalmente estar livre. Betty se sentiu honrada ao testemunhar que sua esposa estava lá para encontrá-lo, e ela pôde ver os dois passando pela luz para o que ela ouviu ser descrito como um "lugar muito melhor". Ela só não queria ir sozinha. Certamente não quando a agência estava apenas decolando.

Betty viu a placa de Terapia Intensiva e atravessou a porta

fechada. Ela se sentiu muito importante, pois havia duas pessoas esperando para entrar. Ela reconheceu a senhora ao lado de uma das camas. Infelizmente, era a mesma pessoa que estava deitada nela. Um homem, ela sabia, era seu marido, Robert, estava sentado e segurando a mão dela nas dele. Betty estava um pouco confusa quando as luzes da máquina estavam piscando, e o eletrocardiograma mostrou que seu coração ainda estava batendo.

— Olá, Betty. Não esperava ver você aqui.

— Heather, como você está? Ou eu não deveria perguntar?

— Bem, pelo que parece, não tão bem, eu diria. Eu tinha uma infecção renal e uma dor terrível nas costas. Robert ligou para o médico e, é claro, eles não querem mais fazer uma visita domiciliar. Mas ele enviou uma receita de antibióticos. Eu fui para a cama porque a dor era um pouco melhor quando eu estava deitada. Lembro que Robert chamou uma ambulância. Ele disse que eu estava quente e falando besteira, e logo em seguida eu estava aqui. O médico disse que eu estava em coma e que a infecção havia se espalhado.

— Lamento muito por isso. Pelo menos foi rápido, — disse Betty.

— Seu funeral foi muito bom, a propósito. Seus filhos a deixariam orgulhosa. Foi no crematório, e então todos nós fomos para o Kings Arms. Você e o John foram tão próximos e economizaram dinheiro. Não é sempre que você pode ter um funeral duplo.

— Não tinha pensado nisso.

— Eu disse aos meus filhos para fazer algo em casa para mim ou para o pai deles. É muito caro, embora tenhamos contratado seguro anos atrás. Eles ficarão bem.

— Mas você pode nem morrer ainda. Olhe para o pobre Robert. Ele ficaria arrasado sem você. Se ele for parecido com o

John, não saberia nem separar o lixo, quanto mais operar a máquina de lavar.

— Mas é tão bom desse lado, Betty. É muito relaxante, não é?

— Como dizia minha velha mãe, "você está morto há muito tempo". Espere mais um pouco; você também pode fazer isso. Isso ainda estará aqui.

— Se você diz, então suponho que sim. Eu quero ir ao casamento da minha sobrinha em setembro. Já tenho o vestido de qualquer maneira, e veja quanto peso perdi. Robert parece triste, não é? Terei que voltar outro dia.

— Bom para você. Tchau por enquanto, Heather. Se você se lembrar disso, diga a Robert que mandei um oi.

Sua amiga desapareceu ao lado dela e Robert chamou uma enfermeira não muito tempo depois.

— Tenho certeza de que ela piscou um pouco. Isso é um bom sinal?

— Isso é excelente, e sua pressão arterial também subiu um pouco. Ambos são bons sinais.

Robert sorriu e deu um tapinha na mão da esposa.

— Vamos, Heather, meu amor, você consegue.

Betty sorriu enquanto se afastava.

— Todos os problemas, grandes e pequenos, — disse ela para si mesma.


No dia seguinte, foi marcada uma reunião da ADM. Embora eles tivessem dito que não envolveriam Hayley para lhe dar um tempo, isso era um assassinato. E pelo que sabiam, ele ou ela poderia estar planejando outro. Até Hayley teria ficado irritada se tivessem escondido dela. Ela adorava fazer parte do que eles faziam e trazer justiça às vítimas. Assim, em vez de ela ser isolada pela bibliotecária, todos se reuniram na casa dela em Church Lane. Celia Hanson, a jornalista, foi incluída e ficou muito feliz por fazer parte de algo significativo após os últimos anos. Ela trabalhou tanto durante toda a sua vida que perdeu a oportunidade de fazer muitas outras coisas. Portanto, vagar em uma espécie de terra de ninguém a deixou entediada. Ela gostou do trocadilho. É por isso que ela foi uma boa escritora. Eles também precisavam dela para dar a eles todos os detalhes que ela tinha em sua cabeça. Era difícil nunca esquecer nada. As lembranças agradáveis eram boas, mas eram as horríveis que tornavam tudo tão difícil. Já era ruim o suficiente na vida.

Abigail iniciou a reunião e apresentou Celia a Hayley. No caminho para cá, ela notou que Lillian estava sendo muito mais gentil com ela. Ela se perguntou o que havia provocado isso. Mas qualquer que fosse o motivo, criava uma atmosfera muito melhor. Deus sabe que uma atmosfera fantasmagórica era gelada na melhor das hipóteses! E, para ser sincera, Terry também havia sido um pouco rude com ela. Suzie optou por ficar com Tiggy na biblioteca. Um novo livro havia chegado que ela estava esperando.

— Então, Hayley, — começou Abigail. Terry suspirou; ele havia se resignado a ficar em segundo lugar, atrás de Abigail. — Isso é o que temos até agora, graças a Celia. A primeira enfermeira – Enfermeira Chefe Doreen Gray foi encontrada morta no estacionamento do Hospital Gorebridge há cinco anos. Presumiu-se que fosse um ataque cardíaco. Ela tinha uma marca de agulha nas costas que eles não achavam importante. Então, quatro anos atrás, lamento dizer, Lillian foi encontrada ao lado de seu carro depois de um longo turno, supostamente um ataque cardíaco, novamente com uma picada de agulha.

— Foi quando falei com meu chefe sobre uma exclusiva, então comecei a investigar, mas morri antes do inquérito, — acrescentou Celia.

Betty teve uma ideia.

— É impressão minha? Ou mais alguém acha isso um pouco suspeito também? Você começa a investigar e depois morre?

— Bom ponto. Sim, como você morreu, querida?

Celia balançou a cabeça.

— Não, não se preocupe. Foi um acidente com vários veículos na autoestrada em uma noite chuvosa. E eu não fui a única. Eu até fui ao meu inquérito e não havia nada suspeito.

— Graças a Deus, — disse Betty. — Nós temos assassinatos suficientes para um caso.

— Devemos manter a mente aberta. Você poderia estar chegando muito perto da verdade. Quem quer que seja, eles já se safaram de três assassinatos, — apontou Lillian.

— Apenas dois até agora. Com sorte, a polícia vai investigar o último.

— Conte-me sobre o último enfermeiro, Celia, — disse Hayley.

— O nome dele é Josh Latham. Um estudante do segundo ano. Ele tem 34 anos. Ele estava na brigada de incêndio e retornou aos estudos quando se machucou no trabalho. Não tenho certeza de como. Talvez possamos descobrir, caso isso tenha relação com as coisas. Ele estava indo para a farmácia no trabalho e caiu da escada.

— Bem, esse é um modus operandi totalmente diferente, — disse Terry, franzindo a testa.

— Eu sei. Mas e quanto a ele sentir uma seringa nas costas? Não pode ser uma coincidência. Está dizendo que um homem que entrou em prédios em chamas não podia descer um lance de escadas? Havia alguma testemunha?

— Não. Mas a farmácia fica no nível mais baixo do hospital, então é um bom lugar para escolher se você quer matar alguém.

— Teria parecido um ataque cardíaco se ele não tivesse caído da escada. Talvez ele não tenha tido a chance de esperar até que Josh terminasse o trabalho, — concordou Abigail. — Então, em ordem, são Doreen Gray, Lillian Yin, desculpe, Lillian, e agora Josh Latham. Você já encontrou algum suspeito, Celia?

— Eu tinha, mas não tenho certeza agora que o último é um homem. O primeiro suspeito é o Dr. Douglas Gibson, e ele estava saindo com Doreen Gray ou outra enfermeira na época, então o boato se espalhou. Ele é cardiologista e trabalha lá há cerca de vinte anos, então ele teria conhecido todos eles. Embora eu não possa afirmar com certeza. Ele é conhecido por ser um pouco mulherengo. Ouvi dizer que ele teve vários casos.

Lillian levantou a mão.

— Bem, falando por mim. Eu o conhecia. Ele acha que é um presente de Deus para todos, não apenas para as mulheres. Ele costumava fazer as rondas quando não estava vendo pacientes ambulatoriais. Ele era bom, por isso estou surpresa por ele não ser um consultor em uma clínica particular agora. Ele era muito arrogante e não se misturava com as enfermeiras a menos que gostasse delas. Estávamos lá apenas para fazer o que ele dissesse. Dizendo isso, porém, em uma festa de Natal, ele baixou a guarda e ficou um pouco sedutor e prático. Acho que, na verdade, posso ter saído com ele uma ou duas vezes. Mas no dia seguinte ele voltou ao seu eu normal e arrogante.

Betty disse:

— E sendo cardiologista, ele saberia como fazer uma morte parecer um ataque cardíaco. Ele saberia exatamente quais drogas funcionariam.

— Isso é verdade. Mais alguém? — perguntou Abigail.

— Bem, não ria. Mas o zelador, Adams, parece muito, muito suspeito. Algumas das enfermeiras se sentem desconfortáveis perto dele. Mais uma vez, porém, isso foi antes de um homem ser morto.

— É sempre o zelador ou o mordomo, — disse Betty.

— Jack Adams foi quem encontrou o corpo, e ele está se aposentando em breve. Talvez ele quisesse matar mais uma vez. Ou ele sentia que eles tinham mais sucesso do que ele ou ganhavam mais. Jack Adams estava trabalhando lá antes do primeiro assassinato, e sua sala de trabalho fica naquele andar.

— Então ele poderia ser uma testemunha ou um suspeito. É tarde demais para testemunhas dos outros assassinatos. Mas precisamos verificar este aqui, — disse Terry. — Mais alguém?

— Só um. Lillian, você se lembra da enfermeira-chefe Bright?

— Se eu lembro? Ela me treinou. Trata-se do machado de batalha original. Não acredito que ela ainda está lá. Ela parecia velha. A verdadeira solteirona, do tipo casada com seu emprego. Mas acho que havia um boato de que ela estava tendo um caso com um médico. Ela nunca gostou de mim, mas não era muito legal com ninguém. A menos que você fosse um médico.

— Pois é, ela ainda está lá. Agora ela teve um encontro com a enfermeira Gray. Como enfermeiras, ambas estavam prontas para o trabalho de enfermeira-chefe que foi dado a Doreen Gray em primeiro lugar. Assim, quando ela morreu, Bright ficou naturalmente com o cargo. Mas não consigo pensar em um motivo para os outros. A menos que ela gostasse de matar. Enfermeiros já fizeram isso antes. Mas geralmente matam seus pacientes. Eles gostam de ter o poder da vida e da morte, mas é muito incomum, devo admitir. Precisamos descobrir como os outros se davam com ela, — acrescentou Celia.

— Vamos precisar do álibi dela para o dia em que Josh caiu. E os outros. Outra ideia é um paciente descontente. Talvez eles não tivessem recebido o tratamento que queriam ou um ente querido tivesse morrido sob seus cuidados, — disse Abigail.

— Eu teria pensado que eles teriam ido atrás do médico, — disse Terry. Ela sempre teve boas ideias, que se dane.

Hayley fez uma ronda.

— Então, temos o Doutor Gibson, enfermeira-chefe Bright, um zelador do Scooby-Doo ou mais de mil pacientes. Devemos ver se alguém entrou com uma ação antes de Doreen Gray morrer. O que mais, Abi?

— Humm. Bem, se Terry estiver de acordo, — ela disse diplomaticamente, o que era incomum para ela, — Celia e Suzie poderiam dar uma olhada nos jornais naquele arquivo na biblioteca para ver o que diz sobre as mortes e quaisquer processos judiciais. É melhor você esperar até que feche. E estou me perguntando se Josh Latham ainda estará no hospital. Betty e Lillian, vocês poderiam ir encontrá-lo? Ele vai falar com vocês duas. Leve-o para a cantina dos funcionários. Se ele estiver pronto para sair, podemos ficar com ele na biblioteca. Mas isso depende dele. Acho que ele vai ficar onde se sente em casa. Veja se ele conhece algum dos suspeitos ou já ouviu falar dos outros assassinatos. Eles devem estar conectados.

— Eles estão, — disse Hayley. — Eu sinto isso, mas não sei como. Enquanto estiverem lá, verifiquem o zelador. Veja o que ele faz e com quem ele fala. E eu, Terry e você?

Abigail se sentou.

— Nós temos que falar com Tom.

— Ah, não. Eu esperava que pudéssemos fazer isso sem ele. Ele ainda está no trabalho e não vai gostar.

— Eu sei. Mas tudo o que ele tem que fazer é nos dar os arquivos em papel dos dois assassinatos mais antigos. Você não disse que ele queria estudar para o exame de sargento? Ele poderia dizer que está pesquisando casos antigos. E se resolvermos os assassinatos de três enfermeiras, ele receberá o crédito. Nenhum de nós pode dizer nossa parte nisso. Você também não pode, Hayley.

Celia acrescentou:

— Se você fosse descoberta, Hayley, haveria pelo menos

trinta jornalistas acampados do lado de fora. Acredite em mim, eu sei.

— Com os outros casos, Johnson disse que foi por causa de sua fantástica liderança que eles foram resolvidos, então não sei por que ele está preocupado. Isso aumenta sua taxa de sucesso. Tom teve que dizer que foi uma denúncia anônima para Charles Hatton e que, por sorte, ele encontrou o carro batido. O Chefe de Polícia tem um fraquinho por Tom desde que encontrou aquele garotinho que estava desaparecido na feira, e ele não gosta nem um pouco do inspetor Johnson. Ele é muito antiquado para a nova força. Totalmente sem tato e diz as coisas como elas são. E desajeitado. Os chefes dele odeiam isso. No entanto, Tom não sairá do serviço até as oito da noite.

— Tudo bem. Não se preocupe, Terry e eu esperaremos. — Os outros se despediram e foram embora.

— Na verdade, Hayley, enquanto temos tempo, eu sei que te conheço há anos, mas você nunca me disse como você entrou nessa coisa paranormal.

— Eu adoraria ouvir sobre isso também, Hayley. Ouvi dizer que isso vem de família, — disse Terry.

— Minha avó sempre disse que minha mãe era feérica. Mas eu não sabia o que isso significava por anos. Nunca conversou comigo sobre isso. Mas a primeira vez que soube disso foi uma noite em que o vovô veio e se sentou na beira da minha cama e me disse que me amava e para dizer à mamãe que ele estava bem. Então, pela manhã, fui ao quarto de mamãe e papai e perguntei por que eles não me disseram que o vovô estava ali e eles disseram que eu devia ter sonhado com isso. Mas algumas horas depois eles receberam um telefonema para dizer que ele havia falecido naquela noite. Acho que tinha cerca de seis ou sete anos.

— Isso é muito interessante. Fiquei toda arrepiada, — disse Abigail. — O que mais você viu?

— Pessoas diferentes de vez em quando. Eu estava descendo a rua, e meus olhos se fixavam em alguém, que me olhava meio surpreso, e eu sabia que ele tinha morrido. Mas eu desviaria o olhar rapidamente. Às vezes eu não conseguia me livrar deles; eles me bombardeavam com perguntas ou coisas que queriam que eu fizesse. Até mesmo me seguiam até em casa, então aprendi a ignorar os sentimentos. Antes de mamãe morrer, ela me disse que fez o mesmo. Foi apenas quando pessoas vivas me pediram ajuda que pensei que talvez pudesse ajudá-las e fazer algo de bom.

— E agora você não pode se livrar de nós, — riu Terry.

— Conte-me sobre isso. Mas de alguma forma é diferente. Vocês me ajudaram a fazer muitas coisas boas. E sou muito grata por vocês terem finalmente provado ao Tom que não estou louca ou inventando isso.

— Ele realmente costumava pensar isso? — perguntou Abigail.

— Não é bem assim. Era mais uma negação, para ser honesta. Nos conhecemos na escola, sabe. Não exatamente namorados de infância, já que nos encontramos novamente alguns anos depois de termos saído.

— Você achou difícil na escola, sendo a criança estranha?

— De jeito nenhum. Você pensaria assim, mas todos ficaram meio impressionados comigo "vendo pessoas mortas". E alguns deles queriam que eu lhes contasse seu futuro. Eu só adivinhei, mas na maioria das vezes eu estava certa, felizmente.

— Tenho a sensação de que não foi sorte, — disse Abigail.

— Talvez não. Então Tom sabia que eu tinha esse dom ou algo assim, mas ele não estava tão interessado. Quero dizer, houve algumas vezes em que o fiz ouvir. Íamos a algum lugar uma vez, e tive a terrível sensação de que não deveríamos. Acho que estava dirigindo para ver sua prima, Karen, em Surrey. Talvez você até se lembre; esse foi o dia em que o avião caiu na pista dupla. Teríamos estado lá ao mesmo tempo.

— Isso é incrível, Hayley? Então, o que Tom tinha a dizer sobre isso?

— Não muito. Na época, ele tinha acabado de entrar para a polícia e a última coisa de que precisava era que os outros descobrissem que ele tinha uma esposa psíquica. Por isso, não falei muito sobre isso. Ele sabia que eu havia começado a fazer leituras para as pessoas, mas nunca pedi pagamento, apenas uma doação, se elas quisessem. Eu tinha que ter dinheiro, não é?

— Claro que sim. Você não deve se sentir culpada por isso, — disse Terry gentilmente.

— Eu sei, mas eu me sinto. Então, a única vez que conversei com Tom sobre isso foi quando senti algo sobre um de seus casos.

— Como as joias que você encontrou naquele celeiro?

— Sim. Obviamente é diferente agora. Eu ainda acho que ele prefere não saber, mas...

— Não lhe demos escolha, — acrescentou Abigail culposamente. — Mas formamos uma equipe muito boa. Prometo não o incomodar de agora em diante.

— Tenho certeza de que ele ficará feliz em ouvir isso. Mas desculpe, querida, — Hayley colocou os dedos nas têmporas, — tenho uma forte premonição de que você não quer dizer isso nem por um minuto!

— Eu queria perguntar a você, — disse Terry, — você conseguiu o endereço daquela pobre mulher que está sendo assombrada?

— Ah, sim, Janette. Esqueci totalmente de mencionar isso com toda a conversa sobre esses assassinatos. Ela mora na Windmill Lane, 43.

— Eu sei onde é! É uma das antigas casas que costumavam

abrigar os trabalhadores. Vamos na próxima noite livre que tivermos, não vamos, Abigail?

— Quanto antes melhor. Aquela pobre mulher está morrendo de medo. Fico pensando que se fosse a minha avó que estivesse passando por isso, eu enlouqueceria. Acho que apenas Terry e eu deveríamos ir, para não a assustar. Vamos resolver isso e informá-la sobre o andamento da nossa vigilância fantasma.

# Capítulo Dezoito

Suzie e Celia esperaram até que a última pessoa tivesse ido embora e a bibliotecária tivesse trancado tudo. Em seguida, encontraram o arquivo de jornais, como Abigail o chamava. Eles começaram com o Chiltern Weekly.

— É tão frustrante que não posso ajudar, Suzie. Doreen Gray morreu em julho de 2018, então volte alguns meses e veja se alguém morreu ou processou o hospital ou um médico em particular.

— Está bem. Vou dar uma olhada. — Foi um processo longo, mas, no final, elas encontraram algo.

Celia apontou para a tela.

— O Hospital Geral de Gorebridge foi processado pelos pais de Molly Soames. Molly, de 13 anos, foi mandada para casa duas vezes com suspeita de dores de cabeça, que mais tarde se descobriu ser um aneurisma cerebral. Os pais fizeram um acordo fora do tribunal por uma quantia não revelada.

— Eles podem ter sido pagos, mas isso não compensa a perda de uma criança. Minha mãe ainda iria querer vingança.

— Teremos que ver se talvez Hayley possa falar com eles.

Mas por que matar uma enfermeira? Sem dúvida, são os médicos que tomam esse tipo de decisão.

Suzie concordou.

— Vamos ver se os assassinatos estão aqui.

— Eu verifiquei quando estava viva. No obituário, havia um pouco sobre Doreen Gray, mas nada sobre Lillian. Mal posso esperar até que a próxima edição saia para ver se a morte de Josh está lá. Certamente, meu chefe já deve ter conectado isso. Espere um minuto. Tive uma ótima ideia, Suzie. Vamos voltar ao local onde eu trabalhava no jornal e ver se há alguma indicação de como eles estão cobrindo o assunto.

Levaram cerca de meia hora para chegar lá, e então tiveram que esperar até que Oliver Pickett, o editor, fosse para casa. Celia havia se esquecido das longas horas que todos tinham que dedicar para que o jornal saísse no prazo.

Celia só podia ficar de pé e assistir enquanto Suzie movia as folhas de papel. Mas perto do topo havia uma folha com as palavras digitadas: "A triste notícia de que um enfermeiro morreu em um acidente no Hospital Gorebridge". Oliver havia recortado uma nota manuscrita: "Olhe para isso – Celia Hanson. Número 3?"

— Graças a Deus. Eu sabia que ele não me decepcionaria. Podemos deixar um bilhete e dizer que ele está certo?

— Eu poderia, mas receio que ele não veria. Talvez eu consiga escrevê-lo em um computador, se você souber como ligá-lo.

Celia suspirou.

— Talvez se eu conseguir adivinhar a senha dele. Pressione isso para ligá-lo. Tente Chelsea. Sei que ele torce para eles.

— Não. Não é Chelsea.

— A filha dele é Debbie. Não, não é Debbie. A esposa dele é Linda. Não, não é ela. O cachorro dele! Oh Deus, o que era?

Ele o trouxe quando era um filhote. Era um daqueles cachorros salsicha. Hm. Banger – era isso! Tente Banger.

— É isso aí, muito bem. Entramos.

— Clique nas anotações e escreva isso – Josh Latham foi o 3º enfermeiro. Investigue o Dr. Douglas Gibson. Jack Adams, o zelador. Enfermeira Chefe Michelle Bright. George e Sadie Soames, pais de Molly. Então assine, Sua Celia Hanson. Isso vai assustá-lo!

Às 8h30 da manhã, quando o editor do Chiltern Weekly ligou seu computador, ficou muito chocado ao ver uma lista de nomes, supostamente de sua melhor repórter. Ele chamou a segurança para ver quem havia invadido e usado seu computador às 21h34 de ontem. Eles encontraram o CCTV da hora e o enviaram a ele. Ele não podia acreditar quando viu a luz acender e ninguém estava lá. E a cadeira do escritório se virou sozinha assim que a tela do computador dele se iluminou. Oliver, sempre o profissional, deu um passo à frente. Talvez houvesse algo nesses rumores que ele estava ouvindo, de que havia uma médium ajudando a polícia. Sua própria esposa havia participado de uma reunião do IM e lá estava uma pessoa que ela adorava. Ele escreveu outra nota para acrescentar à outra – Procure a Médium da Polícia.

Ele pegou o telefone para falar com o substituto de Celia.

— Liam, venha aqui, sim? Tenho alguns nomes que quero que você verifique. Haverá uma exclusiva maravilhosa.

Ele ainda não pediu nenhum comentário à polícia. Ele queria ter tudo em ordem.

Ele silenciosamente agradeceu a Celia, mas depois estremeceu.

— É muito gentil da sua parte ajudar, mas por favor, fique longe!

## Capítulo Dezenove

— S into muito, Josh, — disse Betty. — Você tem nossas condolências. — Lillian e Betty o encontraram na ala cardíaca.

— Não tanto quanto eu. Eu tinha acabado de começar. Recém-divorciado e uma nova namorada. Por sorte, eu não tinha filhos, senão ficaria muito bravo. Se fosse por causas naturais, eu teria ficado bem com isso, sabe, se o tempo acabou, que assim seja, mas agora estou muito irritado.

— Sei como você se sente. Acabei de descobrir que fui assassinada pela mesma pessoa. De acordo com Celia, de qualquer forma.

Josh franziu a testa.

— Tem certeza de que ela está certa?

— Isso é o que temos que descobrir. Se eu fui, isso não significa necessariamente que você foi, e vice-versa. Eu estava a caminho do meu carro depois de um turno e nunca cheguei lá. Do que você se lembra?

— Eu precisava ir à farmácia e detestava esperar por elevadores, então desci pelas escadas dos fundos. Lembro-me de uma sensação como se tivesse sido picado nas costas e depois caído. É isso. Aquela outra mulher disse que eu não fui picado; era uma agulha espetada em mim.

— É por isso que ela acha que é o mesmo assassino. Existem alguns suspeitos. Um Doutor Gibson. Você o conhece?

— O cardiologista? Sim, claro. Ele estava examinando uma das minhas pacientes com ataque cardíaco, a Sra. Timms. Ele é bom. Mal falava comigo. Sou apenas um humilde estagiário para ele. Quem mais?

Betty disse a ele.

— É uma enfermeira-chefe. Michelle Bright. E o zelador, Jack Adams, estava lá quando você morreu.

Josh inflou as bochechas.

— A Enfermeira Chefe Bright é assustadora. E eu poderia vê-la batendo na cabeça de alguém com um taco de beisebol, mas não dando uma facada nas costas. Mas acho que nunca se sabe. E o velho Adams? Ele é um pouco estranho, para ser honesto. Quero dizer, eu não gostaria de vê-lo desempregado ou algo assim. Assustador, suponho, é uma palavra melhor. Mas eu nem falei com ele, então por que ele iria querer me matar? — Provavelmente por esse motivo, pensou Betty. Ela própria estava envelhecendo um pouco, mas muitas vezes se sentia ignorada pelos jovens. Você se tornava um pouco invisível aos sessenta anos.

Lillian lhe perguntou se ele já tinha ouvido falar de um processo por homicídio culposo, mas ele disse que isso não lhe soava familiar. Elas lhe contaram sobre a recém-formada Agência de Detetives Mortais e o convidaram para ir à Biblioteca Pública de Becklesfield quando ele sentisse que poderia enfrentar o mundo exterior novamente.

— Onde encontraríamos Jack Adams? Ele estará aqui? — perguntou Betty.

— Sim, se ele não estiver trocando uma lâmpada ou

consertando algo, ele estará lá embaixo, no primeiro nível. Eu vou te mostrar. E você pode ver onde eu caí. É bem perto da sala dele.

Josh as deixou, e elas passaram pela porta do zelador. Era uma bagunça com muitos sacos pretos e garrafas nas prateleiras. Eles o ouviram do lado de fora da porta, sacudindo as chaves para entrar. Elas se agarraram e começaram a rir.

— Com o que estamos preocupadas, ele não pode nos ver, — disse Lillian.

Um homem de aparência mal-humorada com cabelos grisalhos e barba entrou. Ele estava carregando uma bolsa de transporte.

— Você acha que ele tem uma cabeça aí?

— Ou um gato morto. Na verdade, ele se parece com um assassino em série. Eu me pergunto se ele é casado, — disse Betty.

— Duvido. Ele provavelmente a enterrou sob as tábuas do assoalho, — brincou Lillian. Naquele momento, o celular dele tocou e as duas deram um pulo no ar. Jack Adams atendeu, e elas viram a tela mostrando uma foto de uma garotinha.

— Olá, vovô.

Um sorriso surgiu no rosto de Jack.

— Olá, meu anjinho. O que você está fazendo hoje?

— Eu e a mamãe estamos no jardim regando os feijões que você plantou para nós. Eles estão enormes.

— Claro que são. Eles precisam ser grandes o suficiente para que Jack chegue até o topo. Diga ao papai que passarei por ali mais tarde para ajudá-lo com a cerca e ler uma história para você.

— A mamãe diz até logo. Tchau, vovô.

— Tchau, Poppy. Te amo.

Betty tinha lágrimas nos olhos.

— Bem, isso nos prova, não é mesmo? Aquele assassino

Jason Masters tinha o rosto de um anjo, e você sabe como ele era. Eu só me sinto um pouco culpada.

— Só porque ele ama sua família não significa que ele não poderia matar outra pessoa. Mas eu concordo, — disse Lillian. — Todos esses anos que trabalhei aqui, não falei com ele nem disse olá. Eu gostaria de ter dito. Talvez a Hayley possa falar com ele.

— No mínimo, precisamos impedir que alguém o prenda por assassinato!

O policial Tom Bennett estava sentado em sua mesa quando recebeu o telefonema de Hayley. O que ela queria agora? Como ele pensou – mais informações. Ele deveria terminar às oito, o que significava que, se não fosse chamado para um trabalho, ele teria um tempo para pensar em uma desculpa para ir até os Registros e pegar os arquivos. Estava no porão, e ele normalmente não teria uma desculpa para ir lá. Ele poderia ter baixado as informações de seu computador, mas haveria um registro disso. O Inspetor Johnson adoraria um motivo para demiti-lo por uso impróprio. Mas ajudou da última vez que Hayley perguntou. Eles prenderam um assassino e encontraram um corpo. Essa Abigail parecia saber o que fazia, só é uma pena que tenha morrido. Ela teria sido uma ótima policial. Ele olhou ao redor. Ninguém estava olhando para ele. Johnson e o sargento Mills estavam interrogando um bandido local, Matthew McKinley. Ele havia atacado com um facão outro criminoso conhecido, Duncan Sanders. Ele havia mudado sua declaração quando mostraram a ele que o ataque estava nas câmeras de segurança. Tudo começou com eles conversando e depois discutindo. Ele disse que era por causa de uma mulher. Duncan o atingiu primeiro, então ele foi até o carro e tirou o facão. Sanders nunca teve uma chance. É melhor ele se apressar antes que eles terminem. Ele ouvira que McKinley queria sair de lá rapidamente e ser levado para prisão preventiva. Algo sobre sua cela ser assombrada.

Não demorou muito para Tom descer as escadas dois degraus de cada vez. A agente da polícia Jane Nichols também estava lá encontrando um arquivo. Ele trocou algumas palavras com ela e então ela foi embora. Ele olhou para o pedaço de papel em que havia anotado os nomes – Doreen Gray e Lillian Yin. O último nome parecia ser familiar para ele.

— Onde ouvi isso antes?

Ele enfiou os dois arquivos em seu moletom azul-marinho, passou pelo armário e os colocou sob as roupas. Felizmente não havia mais ninguém lá.

Ele voltou para a mesa, assobiando, mas depois parou quando percebeu que isso o fazia parecer culpado, como nunca havia assobiado antes no trabalho.

— Não tem nada para fazer, Bennett? Você parece muito feliz, — inspetor Johnson jogou alguns papéis nele. — Aqui, digite a declaração de Matthew McKinley.

— Sim, senhor. — Essa foi por pouco. Esta é a última vez, Hayley!


Hayley chegou à porta da frente antes que Tom tivesse a chance de tirar a chave.

— Oi, querido. Me dê um beijo. Entre, rápido. Temos companhia, Tom, portanto, é melhor se comportar.

— Isso é ótimo, Hayley. Exatamente o que quero quando chego em casa do trabalho tarde da noite. Quem é desta vez?

— Temos Abigail e Terry, então seja legal.

— Oi. Bem, quase fui pego hoje, então esta é a última vez.

Abigail disse a Hayley para lhe dizer que ele lhes agradeceria quando pegasse um assassino em série.

— Um assassino em série? Tem que ser três ou mais para ser um.

— Isso é só o começo, Tom. Há um, talvez mais dois. E todos eles estiveram no hospital e, pelo que sabemos, isso pode estar acontecendo em outros hospitais. Pode ser por isso que houve lacunas entre eles, se o assassino era um funcionário terceirizado ou um visitante em outros hospitais.

— Você não acha que está se empolgando um pouco?

Terry disse a Hayley para lhe dizer que eles poderiam fazer um teste de DNA agora.

— Eles só farão isso se acharem que é assassinato. Deixem-me dar uma olhada neles primeiro e depois me digam por que acham que é assassinato, — respondeu Tom. Luna, que estava miado por atenção, finalmente foi pego e se acomodou no colo de seu pai.

Abigail ficou muito impaciente enquanto ele lia e não conseguia ficar quieta. A morte era chata às vezes. Você não poderia simplesmente ir e colocar a chaleira no fogo, ela argumentou. Por fim, ele colocou os arquivos na mesa e olhou para Hayley.

— E então? — perguntou ela.

— Não vejo nada que diga que é outra coisa senão ataques cardíacos. A primeira, Doreen Gray, terminou o trabalho, saiu do prédio e foi encontrada morta por um visitante, Tony Pearce, às 18h14. Nenhum sinal de luta. O mesmo para sua amiga, Lillian Yin. Mais uma vez, ela havia feito um turno de dez horas e foi encontrada ao lado de seu carro por uma enfermeira, Stephanie Epsom, às oito e alguma coisa. Ambas de ataques cardíacos. E sim, havia marcas de agulhas, mas eles não puderam concluir nada a partir disso. Não haverá nada que eu possa fazer para abrir nenhum dos casos. Mesmo que a morte de Josh Latham não tenha sido um acidente, não acho que eles vão ligar isso a essas duas. Sinto muito, querida, mas desta vez você e seu pequeno bando de detetives terão que deixar passar.

— Bom dia. É o Chefe de Polícia?

— George Carson, sim. Quem é?

— Oliver Pickett. Editor-Chefe do Chiltern Weekly.

— O que posso fazer por você? — Carson sabia que tinha que manter a imprensa ao seu lado.

— Sabe alguma coisa sobre um assassino em série matando enfermeiros no Hospital Geral de Gorebridge?

Carson deu uma risada nervosa.

— Não, claro que não. Acho que teríamos notado. O que faz você pensar que temos um?

— Antes de morrer, uma das minhas repórteres estava investigando. Havia apenas duas antes, mas agora houve outra morte suspeita. Um jovem enfermeiro, chamado Josh Latham.

— Posso garantir que, se houvesse alguma verdade nessa história, meus detetives estariam nela. Claro, agora que você me chamou a atenção, vou ver se há alguma coisa no que você diz. Você pode enviar os nomes e datas por e-mail?

— Farei isso agora. E já que estou falando com você, há alguma verdade no boato de que uma médium tem ajudado em alguns casos? Aparentemente, essa foi a razão pela qual Jessica Green foi encontrada naquela cabana, e ouvi dizer que ajudou na prisão de Hatton.

— Isso eu sei que não é verdade. Só usamos o bom e velho trabalho policial aqui, Oliver. — Ele tinha ouvido falar de uma médium, mas não de seus oficiais. Sua esposa havia contado a ele sobre uma médium que deu uma palestra para seu grupo do Instituto das Mulheres. "Ela é maravilhosa, George, e embora seu nome seja Hayley Moon, eu sei que ela é casada com seu policial Bennett. Você deveria usá-la em seus casos." Ele gostava de manter a Sra. Carson feliz, pois ela podia ser muito agressiva se não estivesse. Parecia estranho que o carro de Masters tivesse sido encontrado, e alguns outros casos tivessem sido ajudados por sua contribuição. Se isso ajudasse com os números de prisões regionais, também não faria mal. Pode valer a pena ficar de olho no jovem Tom e trazê-lo para mais alguns casos.

Ele teve um súbito pensamento.

— Presumo que você não vai publicar nada sobre isso. Você pode imaginar o pânico se disser que pessoas estão sendo mortas em nosso hospital?

— Não são pessoas, são enfermeiros.

— Exato. Isso parece ainda pior, e tenho certeza de que você está enganado. Mas deixe comigo, Oliver. Tchau. — O chefe Carson cerrou os punhos e pegou o telefone novamente. — Ligue para o inspetor Johnson. AGORA.

## Capítulo Vinte

Hayley ficou muito surpresa quando Tom ligou para ela do trabalho no dia seguinte sobre o caso.

— Você não vai adivinhar, Hayl. Fui colocado no caso das enfermeiras. Fui designado para ajudar Mills e Johnson. Vamos para o hospital daqui a pouco. Como você conseguiu fazer isso?

— Fantástico, querido. Estou muito feliz por você. Mas não tenho nada a ver com isso.

— Aparentemente, o chefe disse que queria abrir o caso e insistiu que eu deveria ajudar. Perguntou pelo meu nome. Como você pode imaginar, Johnson está cuspindo fogo. Tenho que ir, conversamos depois.

Isso definitivamente justificou uma visita à biblioteca. Se ao menos Abigail tivesse um celular, foi seu último pensamento enquanto pegava sua jaqueta e saía pela porta.

O sargento Mills e o policial Bennett dirigiram a curta distância até o Hospital Geral Gorebridge no mesmo carro da polícia. O inspetor Johnson preferiu ir sozinho. Era mais fácil ir direto para o pub depois do trabalho, foi o consenso da maioria da estação. Eles o esperaram no estacionamento e observaram quando ele entrou e estacionou em uma das quatro vagas para deficientes.

— Comigo, Bennett. Hora de aprender algum trabalho policial adequado com os melhores. Mills, você vai interrogar os funcionários que estavam lá no dia em que Latham morreu. Então, na última quinta-feira, por volta das duas da tarde. Veja se consegue encontrar aquele zelador, Adams. Lembre-se, de acordo com algumas pessoas, ele é um homem desagradável e encontrou o corpo. Vamos pegar os outros dois da lista – Doutor Gibson e Matrona...

— Bright, senhor, e elas não são mais chamadas de matronas, — disse Tom, prestativo.

— Eu sei, garoto, — retrucou Johnson. — Você apenas pega as anotações e mantém sua boca fechada. Você só está aqui porque a chefia quer. Deus sabe o porquê. Eu nem sei por que estamos perdendo nosso tempo com tudo isso. Alguém matando enfermeiros? Me dê um tempo. E descubra quem enviou Latham à farmácia, Mills. Te vejo daqui a pouco.

— Sim, senhor. — Mills foi ao RH para ver quem estava trabalhando com o enfermeiro Latham no pronto-socorro na semana passada. Eles imprimiram uma lista e destacaram aqueles que estavam trabalhando lá naquele dia. Isso não incluía os médicos ou a equipe auxiliar que estavam lá em momentos diferentes. Por sorte, todos os cinco enfermeiros da lista estavam de plantão novamente, então ele seguiu as indicações para obter os depoimentos deles.


Tom e o inspetor foram levados ao consultório do Dr. Gibson e disseram que ele estava com um paciente, mas Johnson simplesmente entrou.

— Você não pode entrar aqui, quem quer que seja, — gritou o médico, que tinha seu estetoscópio no peito de um idoso.

— Inspetor Johnson, Departamento de Investigação Criminal de Gorebridge. Vamos te dar cinco minutos, — e ele fechou a porta novamente. — Acham que são deuses, esse é o problema dos médicos.

Tom estava começando a pensar que Johnson não gostava de ninguém, homem ou mulher. Ele tinha ouvido que sua esposa o havia deixado há muitos anos, e ele não a culparia.

— Encontre uma máquina e me traga um café – com duas colheres de açúcar. — Mas o paciente saiu e lhes deu um olhar severo. Johnson não esperou que o convidassem e entrou.

— Isso vai demorar muito? Eu tenho pacientes a tarde toda. O que vocês querem, afinal?

— Seu nome surgiu em uma investigação de assassinato, senhor.

Dr. Gibson não esperava isso.

— Não seja ridículo. Sou médico; salvo vidas, não as tiro.

— No entanto, um enfermeiro morreu em circunstâncias suspeitas na semana passada. Josh Latham caiu da escada quando...

— O que há de suspeito nisso? Como você disse, ele caiu e eu nem o conhecia. Você sabe quantos enfermeiros trabalham aqui? Você é um tolo se acha que eu tive algo a ver com isso.

Johnson não gostou de ser chamado de tolo.

— Se não quiser ser arrastado até a delegacia, sugiro que me diga onde estava na última quinta-feira, por volta das duas horas.

Ele balançou a cabeça e olhou para o diário em seu computador. — Bem, eu estava aqui naquele dia. Eu estava no ambulatório pela manhã e depois nas minhas rondas na ala cardíaca. Depois disso, eu poderia ter sido chamado em qualquer lugar. Terminei às três e meia. Caberia a você verificar onde eu estava naquela hora. Seria necessário verificar os registros de cada departamento sobre os pacientes que tratei. Não deve levar mais do que algumas horas.

Johnson deu um sorriso malicioso.

— Não se preocupe, o jovem policial aqui adoraria fazer isso. Então você acha que não conhece o enfermeiro. Mostre a foto para ele, policial. — Felizmente, Tom havia tirado uma foto de Latham de sua carteira de motorista em seu telefone.

— Que eu me lembre, não. Há mais enfermeiros do que você pensa hoje em dia, Inspetor.

— Mais uma coisa, doutor, você se lembra das enfermeiras Doreen Gray e Lillian Yin? Elas também morreram aqui.

— Isso foi há muitos anos e, mais uma vez, eu poderia conhecê-las de vista ou nas enfermarias, mas foi só isso. Preciso dizer que sou muito amigo do seu superintendente?

— Você pode dizer o que quiser, mas isso não vai ajudá-lo. Isso vem de cima dele. Talvez seja melhor chamar um advogado, senhor. — Johnson estava se divertindo. Ele era da classe trabalhadora, nascido e criado, e odiava pessoas que diziam "você não sabe quem eu sou?". — Bem, isso é tudo por enquanto. Não saia da cidade sem nos avisar. Talvez precisemos que você compareça e faça uma declaração formal.

O inspetor Johnson se levantou para ir embora, mas olhou fixamente para Tom ao perguntar:

— Só uma coisa, senhor, já lhe pediram para ir ao pronto-socorro ver um paciente?

— Er, sim. Se for uma emergência cardíaca, ou se precisarem que eu faça uma avaliação para uma cirurgia.

— E na quinta-feira passada?

— Acho que não. Que eu me lembre não. Mas, como eu disse, cabe a você descobrir, não é? — Era a imaginação de Tom ou o médico estava mentindo?

— Certo, é melhor irmos ver essa Matrona.

— Enfermeira-chefe, senhor.

— Na minha época, você sabia o seu lugar. Você tem a matrona, e as outras enfermeiras fazem o que ela diz, ou ela as faz temer a Deus. O mesmo que a polícia hoje em dia. Sem respeito. E o que eu disse sobre você falar?

— Manter minha boca fechada, senhor.

— Lembre-se disso na próxima vez. Agora vá me buscar o café, — gritou ele.


Uma enfermeira apontou onde eles poderiam encontrar Michelle Bright e os levou para uma sala de tratamento vazia.

— Do que se trata, inspetor?

— Detetive Chefe Inspetor Johnson. Queremos falar sobre a morte de Josh Latham na semana passada.

— Uma terrível tragédia. Ele tinha muito potencial para ser um enfermeiro fantástico e era muito bom com os pacientes. Todo mundo gostava dele. Ele era mais velho que os outros estagiários, mas isso não importava.

— Ele foi um bombeiro, não foi? — perguntou Tom. — Desculpe, senhor.

— Sim. Ele foi ferido no trabalho. Não era nada que o impedisse de fazer a enfermagem. Se bem me lembro, ele sofreu danos nos pulmões por inalação de fumaça. Coitado.

Johnson perguntou:

— Então você sabe o que aconteceu? Você estava aqui naquele dia?

— Eu estava. Eu costumo trabalhar de segunda a sexta-feira. Eu fiz uma investigação sobre o ocorrido, mas obviamente haverá uma investigação adequada aqui no hospital para que isso não aconteça novamente. Mas eu entendo que ele estava a caminho da farmácia para preparar uma receita para dois pacientes idosos. Era um dia agitado e, depois de receberem seus comprimidos, podiam ir para casa. Eles não seriam internados. Em vez de pegar o elevador, o enfermeiro Latham desceu correndo as escadas dos fundos e, como estava com pressa, caiu. Triste, mas não suspeito, eu não teria dito isso.

— Mas isso não depende de você, não é? E onde você estava na hora, enfermeira?

— Enfermeira-chefe, senhor. Sério, inspetor, bem, eu certamente não estava empurrando um dos meus enfermeiros escada abaixo, e cabe ao senhor provar que eu não estava.

— Você se lembra de Doreen Gray? — A mudança de assunto a chocou.

— Claro que lembro. Ela era uma amiga querida. Por quê?

— E Lillian Yin?

— Eu não ouço esses nomes há muito tempo. Lillian, eu conhecia muito bem. Por que de repente está perguntando sobre elas? Sem dúvida, elas morreram de ataques cardíacos.

— Não temos mais certeza disso. Isso é tudo por enquanto. Talvez precisemos que você faça uma declaração formal, senhora. Portanto, não vá a lugar nenhum.


Do lado de fora, o inspetor disse:

— Eu adoraria que aquela velha fosse culpada, mas não sei por que ela está na lista. Ou aquele médico. Carson acabou de dizer que havia chegado ao seu conhecimento. Não faço ideia do que está acontecendo. Não foi sua esposa, foi, Bennett? — ele disse e começou a rir.

— Haha, muito engraçado, senhor. — Ele deu um sorriso irônico e pensou: *Se ele soubesse...*


O sargento Mills também estava se perguntando o que estava acontecendo. Disseram-lhe para perguntar apenas sobre a última morte, mas ele foi informado sobre as outras duas. E por que Bennett se juntou a eles de repente? Ele pensou que havia recebido ajuda de algum lugar, mas não se incomodou. Se ele pudesse chegar ao topo com o apoio de alguém, não se preocuparia. Talvez o menino tenha sido apenas sortudo. Embora ele tivesse ouvido falar que sua esposa era algum tipo de vidente que às vezes ajudava, mas principalmente era apenas um boato. Johnson já odiava Bennett o suficiente e isso não ajudaria. Ele pensou que havia aparecido por causa do sequestro. Mills esperava que um dia no futuro ele fosse o inspetor, e Tom pudesse ser seu sargento. Talvez Isabella pudesse convidar os Bennetts para jantar. A sogra poderia ficar de babá por uma noite.

Estava agitado na sala de emergência quando ele chegou lá, mas ele conseguiu falar com os enfermeiros um por um. Ele começou com a mais velha que estava no comando. Ela não estava de plantão na quinta-feira passada, mas Mills decidiu perguntar se ela se lembrava de Doreen Gray.

— Sim, eu me lembro de Doreen. Foi tão triste quando ela morreu. E foi inesperado. Ela ficou tão feliz em conseguir a promoção para enfermeira-chefe também. Talvez tenha sido por isso que ela teve aquele ataque cardíaco fulminante.

— Ouvi dizer que Michelle Bright estava esperando conseguir a promoção?

— Ela estava completamente fora de si. O boato de que ela estava tendo um caso com o Dr. Gibson não ajudou em nada. Ela culpou Doreen por ter provocado isso. Ele também não estava muito satisfeito, nem sua esposa. Nenhum deles derramou uma lágrima quando ela morreu. Karma, Michelle calculou. Assim, ela conseguiu o emprego e pronto. Por que a pergunta? Eu pensei que você estava aqui por causa do enfermeiro Latham?

— Ah, sim, estou. Alguém acabou de mencionar o nome

dela, só isso. Tudo bem se eu perguntar a alguns dos outros sobre ele? Não vou mantê-los por muito tempo.

— Se puder fazer isso sem incomodar os pacientes, por favor, sargento.

Todos ficaram devastados com a morte de seu amigo e colega. Uma delas, a enfermeira Pitt, estava com Josh antes de ele cair e provavelmente foi a última pessoa a vê-lo com vida.

— Trabalhei muito com ele naquele dia e me lembro de ter pensado que gostaria de ter sido eu a ser enviado para ir à farmácia. Eu realmente precisava de uma pausa na confusão e teria adorado uma desculpa para sair daqui. As crianças estavam chorando e, mais cedo, um velho havia morrido depois de uma queda. Foi um daqueles dias.

— Então você estava lá quando ele foi buscar os comprimidos?

— Sim. Duas senhoras receberam alta, mas precisavam de seus comprimidos antes de poderem ir para casa com a ambulância. Fazia sentido tirá-las de lá para que houvesse mais duas vagas livres para os próximos pacientes. Alguns já estavam no corredor em macas. O mesmo que hoje.

— É comum pedir a um enfermeiro para ir, em vez de dizer a alguém na recepção?

— É melhor se o paciente puder ir, ou um auxiliar, mas isso nem sempre é possível. Mas acontece.

— Suponho que você não consiga se lembrar de quem realmente o pediu para ir, não é?

— Humm... foi o Dr. Gibson, isso mesmo.

— Muito obrigado, enfermeira. Você foi realmente de grande ajuda. Mais uma coisa, você poderia me mostrar o caminho que ele teria seguido?

— Qualquer coisa para fazer uma pausa. Enfermeira, tenho que mostrar ao policial o caminho para a farmácia.

— Então não demore.

Ela sorriu para Tom e disse:

— Não, enfermeira. Josh poderia ter pegado o elevador, mas não o fez, obviamente. Então ele teria ido por aqui. — A enfermeira Pitt mostrou a ele uma porta que precisava de uma camada de tinta. — Os pacientes geralmente não passam por aqui porque não está sinalizado. Mas poderiam, se soubessem o caminho. Não é particular nem nada. Foi aqui que ele caiu.

Havia muitas marcas de arranhões na parede e nas escadas cinzas. Mills precisaria de uma equipe aqui para tirar impressões digitais, mas uma semana se passou e deve ter sido limpa muitas vezes. Embora nem todos os faxineiros limpem as paredes assim como os corrimãos. Eles foram juntos até a parte de baixo. A enfermeira Pitt não estava com pressa de voltar ao trabalho e estava gostando de fazer parte da investigação.

— Foi aqui que eles o encontraram. Não havia sangue, mas ouvi dizer que ele tinha um ferimento na cabeça. Coitado do Josh.

— Você conhece o homem que o encontrou, Jack Adams?

— O zelador? Sim, eu o conheço. Não para conversar, é claro. Ele é reservado e é um pouco assustador, se você me perguntar.

— Ele trabalha aqui embaixo, não é?

— Seu escritório e outras coisas ficam aqui embaixo, mas ele trabalha em toda parte fazendo pequenos reparos. Gostaria que eu mostrasse a você? — disse ela ansiosamente.

Tom riu.

— Não, é melhor você voltar, enfermeira, desculpe. Agradeço a sua ajuda.

— Fico feliz em ajudar. Sabe onde me encontrar, — ela acrescentou, enquanto caminhava relutantemente de volta pelas escadas. Ele podia ver a farmácia no final do corredor, perto dos elevadores, mas onde ele estava parecia ser o espaço de Jack Adam. Havia a entrada para a sala da caldeira, uma sala com a inscrição Zelador e um grande armário de armazenamento. Mills ficou surpreso por não estar trancada, pois estava cheia de produtos de limpeza e coisas como lâmpadas. Ele bateu na porta de Adam e entrou. Ele estava parado em uma mesa de trabalho com um alicate na mão.

— Posso ajudar? Você não tem permissão para entrar aqui!

— Sargento Mills, senhor. Estamos fazendo uma investigação sobre a morte do enfermeiro que caiu, Josh Latham.

— Sim, eu sei. Eu o encontrei. No entanto, era tarde demais.

— Ele ainda estava respirando ou talvez tenha dito alguma coisa?

— Eu não sou médico, mas até eu sei quando alguém está morto. Seus olhos estavam abertos e ele não estava se movendo. Por isso, procurei ajuda. Subi as escadas e parei a primeira pessoa que vi, que por acaso era uma enfermeira. Ela saiu e trouxe aquela mulher Bright de volta.

— Ela estava por perto então?

— Deve ter estado. Ela só ficou fora por meio minuto. Acho que ela estava saindo do pronto-socorro. Então ela desceu e mais ou menos assumiu o controle. Continuei fazendo o que ia fazer antes. Por que você quer saber? Ele caiu tão certo quanto o destino.

— É mais do que provável, mas temos que verificar essas coisas. Você já o conhecia antes?

— Posso tê-lo visto por aí, mas não posso dizer que prestei muita atenção. Eu não os incomodo e eles não me incomodam. De qualquer forma, vou me aposentar em breve, graças a Deus.

— Você se importa se eu der uma olhada por aí enquanto estou aqui?

— Posso impedi-lo?

Mills sorriu para o velho.

— Não, provavelmente não, senhor. — Ele abriu alguns armários cheios de ferramentas e olhou para a mesa desarrumada. Ele abriu as gavetas que estavam cheias de fios, maçanetas e todos os tipos de coisas aleatórias. *Parece um pouco com a gaveta da nossa cozinha*, pensou Mills. A da parte inferior esquerda estava um pouco rígida e pensou que poderia estar travada, mas com um puxão forte, ela se abriu. Ele deu um suspiro; ele realmente esperava não encontrar nada. O velho lembrou-o de seu avô – mal-humorado, mas não machucaria uma mosca. Havia pacotes de ataduras, emplastros, tesouras e, no fundo, uma caixa aberta de seringas. Aparentemente, todos tinham levado uma picada nas costas.

Então, ele teve que fazer exatamente o que não queria – pegou o celular e ligou para Johnson.

# Capítulo Vinte E Um

— Então Johnson prendeu o pobre Sr. Adams, não é? — disse Betty. — Isso é muito injusto. Eu sei que ele é um homem estranho, mas ele não mataria ninguém.

Uma reunião de emergência foi realizada naquela noite para que eles pudessem ouvir o que havia acontecido no primeiro dia de Tom no Departamento de Investigação Criminal. Ele estava se mantendo discreto na cozinha, preparando para si mesmo ovos com batatas fritas. Não era muito divertido viver em uma casa assombrada e era ainda mais enervante ouvir sua esposa falando sozinha o tempo todo. Ela disse a ele que Betty, Lillian e Abigail estavam de visita.

— Tom disse que o levou sob custódia depois de embalarem as seringas e outras coisas para servir de prova. Jack disse que só as tinha porque haviam sido jogadas fora e que era um verdadeiro desperdício. As seringas estavam embaladas individualmente e ainda estavam dentro do prazo de validade. De acordo com todos os relatos, ele é um verdadeiro acumulador, como diz sua esposa. Ele fica com tudo. Cada pedaço de fio que sobrou, cada porca e parafuso e até mesmo as caixas em que eles vêm. Ela está na delegacia agora. Ela pode muito bem ir para casa esta noite.

— E quanto aos outros? Bright e Gibson? — perguntou Abigail.

— O Dr. Gibson disse que mal conhecia Doreen Gray, mas o Sargento Mills descobriu que ela espalhou um boato sobre ele e Bright terem um caso para garantir que ela conseguisse o emprego, então é óbvio que ele está mentindo. Você não esqueceria isso rapidamente, especialmente quando sua esposa descobriu. E ele também não admitiu ter enviado Josh para a farmácia. O problema é que ele conhece o Superintendente, então ele não vai acusá-lo sem ter certeza.

— Mas ele pode prender Adams. Por que ele acha que é ele? — perguntou Betty.

Hayley encolheu os ombros.

— Aparentemente, ele diz que tem os meios e a oportunidade e que está apenas inventando o motivo e que, na verdade, estava no hospital durante as outras mortes. Diz que está se aposentando e quer matar mais uma vez. Uma grande besteira, eu acho.

Lillian acrescentou:

— Ele poderia ter seringas, mas de forma alguma saberia o que colocar nelas para que parecesse um ataque cardíaco. Sou uma enfermeira treinada e não teria a menor ideia.

Hayley gritou para Tom:

— Lillian diz como ele saberia o que colocar em uma seringa? Ela é enfermeira e não saberia. Diga isso a Johnson.

— Johnson disse que poderia ter pegado algo da farmácia a qualquer momento e teve sorte. O pobre homem está totalmente confuso. Sinto muito por ele. Mills tentou lhe dizer para esperar, mas ele sabe o que é melhor.

— Betty pergunta se vão liberá-lo esta noite, já que não há nenhuma prova concreta.

Isso irritou Tom. Hayley disse que tinha uma maneira de misturar suas metáforas, mas disse que isso fazia parte de seu charme. De todos eles, ela era a única que ele teria gostado de conhecer. Abigail parecia um pouco insistente.

— Acho que talvez eles possam. Ainda não há provas reais, então certifique-se de resolver isso. A delegacia inteira adoraria vê-lo em uma situação constrangedora.

— Abi quer que eu vá falar com a família Soames para descartá-los. Talvez eu até possa ajudá-los. Eu estava indo pela manhã, se estiver tudo bem?

— Eles estão no final da lista de Johnson, então tenho certeza de que está tudo bem. Ele acha que já resolveu o problema de qualquer forma, então vá amanhã, mas mantenha seu telefone ligado, caso apareçamos e você precise sair rapidamente. — Tom se sentou à mesa da cozinha para tomar seu chá em paz, exceto pelo fato de Luna estar se esfregando em suas pernas para fazer um carinho.

— O que vamos fazer amanhã, Abigail? — perguntou Lillian.

Ela pensou bastante.

— Eu e você poderíamos ir ao hospital. Com sorte, Josh ainda estará lá. Eu tenho algumas perguntas para ele.

— Acho que ele estará. Se não, eu sei onde ele mora – morava. E você, Betty? Você quer ir comigo?

— Acho que vou passar algum tempo com Terry. Eu realmente não o vejo muito desde... bem...

— Desde que cheguei, — disse Abigail. — Espero que ele não se ressinta de mim.

Lillian disse:

— Ele te chamou de sargento outro dia, mas acho que estava brincando.

Betty se aproximou e deu um tapinha no braço.

— Não ligue, querida. Você é exatamente o que minha mãe chamaria de um pouco mandona.

— Obrigada, Betty, eu acho. Não tenho ideia de porque ele diria isso, é tão injusto. Portanto, nos encontraremos aqui para uma reunião sobre a missão amanhã às dezoito horas!

Hayley não estava ansiosa para ver os Soames, e ela só esperava que a mãe de Molly estivesse sozinha. Os homens poderiam ficar muito zangados quando ela lhes dissesse quem ela era, e ela ainda não havia descoberto o que iria dizer. Fazia quase oito anos que a única filha deles havia morrido e, ao subir o caminho até a porta da frente, ela se perguntou se deveria se apresentar como Hayley Bennett ou Hayley Moon. Apenas Hayley, ela decidiu.

A Sra. Soames abriu a porta com um garotinho ao lado dela.

— Posso ajudar?

— Eu sei que isso é um pouco incomum, mas eu queria dizer o quanto sinto muito pela morte de sua filha.

Ela não esperava por isso, e seu sorriso desapareceu rapidamente.

— Isso já faz muito tempo.

— Eu sei, mas eu mesma perdi alguém recentemente. — Sua amiga Abi havia morrido, e ela não estava exatamente perdida, ela pensou, mas era apenas uma pequena mentira.

— Entre. Meu marido não gosta de falar sobre isso. Até meus amigos nunca querem mencionar minha Molly para mim. Eu gostaria de conversar sobre ela. Como você pode ver, tivemos outro filho, mas isso não muda o que aconteceu, embora ajude. Por favor, sente-se.

Hayley não pôde deixar de olhar para todas as fotos ao redor da sala. Havia algumas de seu filho, mas a maioria delas era de uma linda garota com cabelos cacheados e um sorriso atrevido.

— Ela era muito bonita.

— E brilhante. Eles disseram que ela poderia ter ido para a universidade. Você é uma conselheira ou algo assim? — perguntou a Sra. Soames.

— De certa forma, sim. Sou sensitiva e sinto as coisas. Muitas vezes trabalho para os enlutados. E não se preocupe, não estou pedindo dinheiro antes de você pedir. Como posso dizer, você não tem certeza de mim e acha que eu gostaria que ela fosse embora. Mas se isso ajuda você a confiar um pouco em mim, há uma senhora aqui em um cardigã verde. O nome dela é Julie.

— Minha avó. Você deve ter pesquisado, só isso.

— Ela diz que você está cuidando bem do arbusto de azaleia.

Isso fez seus olhos se arregalarem.

— Como você sabe disso? No ano passado, nós o retiramos de sua casa e o plantamos aqui. Pergunte se Molly está com ela, por favor.

— Ela não está aqui, mas disse que está bem e só se preocupa com você e seu pai. E ela está tão feliz por você ter Jamie agora. Julie me disse o nome dele. Ela gosta do nome porque seu marido se chamava James e isso é muito parecido. Conte-me sobre Molly, Sra. Soames.

— Ela era linda por dentro e por fora. Nós a ensinamos o que é certo e o que é errado e, embora fosse uma adolescente, ela nunca nos preocupou. Valia ouro. Alguns diziam que era boa demais para viver.

— Posso acreditar nisso.

— Você gostaria de uma xícara de chá, desculpe, qual é o seu nome?

— Hayley, e eu adoraria uma.

. . .

Em Gorebridge, Abigail conseguiu localizar Celia Hanson para encontrar-se com ela e Lillian no hospital. A jornalista sabia mais sobre esse caso do que qualquer outra pessoa. Não foi a primeira vez que Abigail desejou estar usando um terno de negócios elegante, como ela estava, em vez de pijamas. Até Lillian estava bem com o uniforme de enfermeira da marinha.

— Olá de novo. Eu não encontrei Josh ainda; ele não está no pronto-socorro, — disse Celia. Lillian perguntou a alguns dos Mortos que ela conhecia e que estavam vagando por aí, e eles sugeriram procurar o local onde ele havia morrido.

— Aparentemente, Josh fica no topo da escada tentando recriar como ele caiu ou se foi empurrado.

— Que vergonha. Vamos esperar que possamos dar-lhe um desfecho em breve, — disse Celia.

Eles o encontraram no final da escada e o persuadiram a se juntar a eles na cantina dos funcionários. O local estava bem vazio, pois faltava uma hora para o almoço.

Abigail começou a conversa.

— Como você está, Josh, e você já se lembrou de alguma coisa?

— Não, nada. Lembro-me de estar no topo, e então senti uma dor nas costas e caí para frente.

— Você ouviu alguma coisa? A porta se abrindo ou alguém disse alguma coisa? — perguntou Celia. — Se você foi empurrado, eles teriam que entrar por aquela porta. Você teria notado se eles estivessem descendo do andar de cima.

— Eu sei. Quanto mais eu penso nisso, mais confuso fica. Você descobriu alguma coisa?

— Bem, eles prenderam Jack Adams.

— Aquele velho? Ah, pelo amor da deusa! Por que ele faria isso?

— Por que alguém faria isso? Ele também não gostaria de me matar, Josh, — disse Lillian. — Ele se aposenta em breve, e pelo que Betty e eu ouvimos, tudo o que ele quer fazer é sentar em seu jardim e passar um tempo com sua neta. Ele nunca colocaria isso em risco.

— Vamos pensar em alguns motivos para quem queria você fora do caminho, Josh. Foi assim que começamos quando estávamos descobrindo por que alguém iria me querer morta, — disse Abigail.

Lillian riu e disse:

— Sim, mas isso foi fácil – piadas irritantes, intrometidas e ruins...

— Mandona, — acrescentou Celia.

— Haha, muito engraçado. Não dê ouvidos a elas, Josh. Na verdade, poderia ter sido ciúme, dinheiro, amor. Não, não riam, pessoal. Você viu algo que não deveria?

— Bem, não teria sido por amor. Acabei de me divorciar, e foi amigável, e não estou com Melony há muito tempo, então não há mais ninguém em cena, nem ex-namoradas nem nada. Não consigo pensar em nenhum inimigo. Como bombeiro, eu poderia ter tido alguns desentendimentos com pessoas, mas não o suficiente para matar. O que acabou sendo para você, Abigail?

— Eu vi uma fotografia que não deveria, e fui morta por isso. E isso nem me chamou a atenção. Ele não precisava ter se incomodado. O que você poderia ter visto ultimamente, digamos naquele dia?

— Foi literalmente um dia normal. Eu me levantei e minha namorada me deixou a caminho do trabalho por volta das oito. Não entramos em nenhuma briga na estrada nem nada. Foi um turno normal no pronto-socorro. Como sempre. Depois do almoço, ficou ainda mais agitado. O tempo de espera chegou a cerca de quatro horas. Havia pessoas com raiva, mas sempre há, e não posso culpá-las. Um idoso havia caído e morrido na nossa frente, mas ele veio de ambulância, então não esperou muito tempo, e sua irmã estava chateada, mas não homicida. Havia algumas crianças que precisavam de raios-X, e eu as levei até lá. Alguns ataques cardíacos.

Lillian teve uma ideia.

— O Dr. Johnson foi chamado para isso?

— Sim. Ele veio ver uma das velhinhas, mas disse que ela poderia ir para casa, e é por isso que ele me pediu para ir à farmácia, e havia uma receita para outra mulher.

— Ele estava na minha lista com um motivo, mas não consigo pensar em nenhuma razão para matá-lo, — disse Celia. — Além disso, a diferença com você é que as outras estavam indo para casa. Lillian e Doreen estavam no estacionamento. Você era o único que estava lá dentro e não depois de um longo turno.

Abigail teve uma ideia.

— O que pode significar que ele ou ela estava desesperado e teve que trabalhar rápido antes que você pudesse fazer ou dizer alguma coisa. Acho que estamos chegando a algum lugar. Agora, você foi encontrado por Jack Adams, e Doreen foi encontrada por um visitante. Celia, quem encontrou Lillian? Celia tem uma memória eidética e não consegue esquecer de nada. O que eu imagino ser uma maldição e uma bênção.

Celia olhou para o teto.

— Outra enfermeira que também estava a caminho de casa – Stephanie Epsom. Ela fez a reanimação, mas Lillian morreu logo em seguida.

— Oh, abençoada seja ela. Eu não sabia disso. Eu gostaria de poder agradecer a ela.

— Ela saiu há alguns anos. Aposentadoria antecipada para cuidar de um parente.

— Eu me lembro dela. Ela já estava ficando um pouco mais velha naquela época, — disse Lillian.

Celia olhou para cima novamente e fechou os olhos.

— Você terminou às oito e foi para o seu carro. Ela te viu no chão perto do seu carro e fez a reanimação enquanto você ainda estava respirando naquele momento. Uma médica Pearce se aproximou e a declarou morta às oito e dezenove, então ela parou. Ela era uma enfermeira muito boa, aparentemente, e estava aqui há anos. Todos eles falaram bem dela quando eu a verifiquei. Você a conhecia, Josh?

— Quem era mesmo, Epsom? O nome definitivamente soa familiar, mas não posso dizer que a conheço, mas talvez.

— Ela trabalhava na ala geriátrica.

— Eu deveria ir lá depois do meu período no pronto-socorro.

Lillian disse:

— É de onde eu a conheço. Eu estava trabalhando lá antes de conseguir o cargo de responsável pela ala infantil, meu emprego dos sonhos. Eu adorei. É por isso que adoro cuidar da Suzie.

— Meu trabalho dos sonhos era ser bombeiro. Eu ainda estaria fazendo isso agora se não fosse pelo meu peito.

— Você salvou muitas vidas e carregou pessoas escada abaixo no meio da noite? — perguntou Abigail. — Aposto que sim.

— Tive meus momentos de herói. Mas na maioria das vezes eram coisas mundanas, como pequenos incêndios, acidentes...

— Gatos em árvores e panelas presas na cabeça de crianças?

— Posso dizer honestamente que nunca tive que resgatar um gato preso em uma árvore. Uma criança uma vez, sim. Na minha opinião, os gatos têm mais senso. Eu vou sentir falta daqueles dias. Até vou sentir falta da emoção da enfermagem. Eu era muito bom nisso, mesmo que eu mesmo dissesse.

Lillian disse a ele:

— Eu sei que não é muito consolo, mas todos com quem

falei aqui só têm coisas boas a dizer sobre você. Pacientes e funcionários. Até Bright disse a Tom que você aparentemente era um bom enfermeiro.

— Obrigado, Lillian. No entanto, uma coisa que eu gostaria de saber, sabendo como é o hospital, é que se você terminou um turno e saiu pela porta do estacionamento, como é que seus sapatos estão sujos de lama?

— Como eu poderia ter perdido isso? — exclamou Abigail. — Ótima pegada, Josh. Quando o vi pela primeira vez, pensei que a enfermeira-chefe estaria atrás de você nos bons e velhos tempos. Mas é fácil se acostumar com as coisas, não é? Vamos, vamos para o estacionamento e ver. Espero que seja o mesmo.

Eles saíram para fazer uma reconstituição.

— Eu teria saído por esta porta depois do meu turno, e eu sempre estacionava ali à esquerda. Na verdade, não me lembro, mas geralmente o fazia. — Havia uma área gramada daquele lado que separava o estacionamento do bloco da maternidade.

Abigail parecia intrigada.

— Esse é o único lugar onde você poderia ter sujado seus sapatos de lama. Haveria alguma razão para você ter ido até lá, Lillian?

— Não. Se fosse pelo trabalho, eu teria saído pela saída principal e usado o caminho para chegar lá. Eu definitivamente estava a caminho de casa. A menos que eu tenha visto alguém que eu conhecia e tenha ido falar com eles. Mas não consigo pensar em quem estaria lá por minha vida.

— E foi, — brincou Abigail. Ela realmente deve se conter com os trocadilhos. — Mas espere, pode haver outro cenário. Você pode ter sido perseguida até lá, e você voltou para o seu carro e tentou entrar, longe de quem estava atrás de você.

Lillian fechou os olhos.

— Estou feliz por não me lembrar então; devo ter ficado aterrorizada. É como em um filme de terror quando eles estão tentando colocar as chaves na porta, mas não conseguem. Por favor, Abigail, eu sei que tivemos nossas diferenças, mas eu realmente espero que você descubra isso.

Abigail se aproximou, pegou suas mãos e deu um abraço rápido nela.

— Vamos conseguir isso, todos nós juntos. Na verdade, acabei de ter uma ideia. Não quero me precipitar, mas já tenho o começo de uma ideia. Posso estar errada, então preciso que Suzie me ajude a procurar algumas coisas na biblioteca depois de fechar. Mas acho que você viu alguém, Josh. Alguém que estava preocupado que você os reconhecesse, e isso tinha a ver com um dos assassinatos anteriores.

Lillian queria saber imediatamente.

— Qual assassinato? Meu ou da Doreen?

— Nenhum deles, — Abigail disse e franziu as sobrancelhas enquanto pensava profundamente.

— Então é de quem? Não tem mais ninguém.

— Tenho certeza de que era seu, Celia.

## Capítulo Vinte E Dois

À s seis horas, a bibliotecária acompanhou a última pessoa para fora da biblioteca, trancou a porta e saiu. Ela odiava ficar sozinha e sentia como se alguém a estivesse observando. Naquela noite em particular, foram Abigail, Suzie e uma pequena gata ruiva chamada Tiggy.

Os outros foram à casa de Hayley para uma reunião. Abigail disse que se juntaria a eles assim que pudesse. Primeiro, ela precisava que Suzie procurasse alguns nascimentos e mortes e, se os encontrasse, então um artigo de jornal e a lista eleitoral. Ela só esperava estar certa. Ela pareceria tão estúpida se estivesse errada.

Suzie decidiu não ir à casa de Hayley, mas ficar com Tiggy e terminar seu livro. Desde que Abigail chegou, ela realmente começou a gostar de todos os mistérios do Inspetor e os Assassinatos em qualquer lugar. Ela nunca poderia descobrir quem era, ao contrário de Abigail. Suzie achava que ela era simplesmente maravilhosa.

. . .

Na casa de Hayley, ela não era tão popular.

— Abigail não faz a menor ideia de quem fez isso, assim como um homem na lua, — Terry estava dizendo a eles. — E agora ela nos faz esperar por seu grande desfecho como se fosse a grande detetive de um romance.

Betty não gostava de ouvir esse tipo de conversa. Ela gostava muito de Abigail.

— Ela está apenas verificando algo na biblioteca, e então ela estará aqui. Estou muito animada. — Ela estava sentada com Lillian e Terry no sofá. Celia estava em uma poltrona e Hayley na outra. Josh não queria perder o resultado, e chegou com Lillian e estava andando de um lado para o outro. Felizmente, Tom ainda estava no trabalho. Hayley odiava quando Tom continuava perguntando o que eles estavam dizendo o tempo todo. Ela ligaria para ele ou contaria o que aconteceu quando ele chegasse em casa. Ela sentiu um súbito sopro de ar frio.

— Desculpem o atraso, pessoal. Espero não ter perdido nada.

— Nós não começaríamos sem você, — disse Betty. Abigail pegou Terry revirando os olhos, mas decidiu ignorá-lo desta vez. Ele quase riu quando viu que ela estava parada na frente da lareira como Hercule Poirot. — Lillian disse que você pode saber quem é o assassino. Não acredito. Você é tão inteligente, — acrescentou Betty.

— Ainda não tenho certeza. Primeiro, precisamos ouvir o que todos descobriram hoje. Como foi na casa dos Soames, Hayley?

— Eu amei a Sra. Soames; ela foi muito adorável. Não conheci o marido dela, mas tenho certeza de que eles nunca matariam ninguém. Eles criaram Molly com uma moral forte e lhe ensinaram o que é certo e o que é errado, portanto, não teriam ido contra suas crenças. Especialmente não em nome de Molly. E agora eles também têm um lindo garotinho. Na verdade, tive uma ótima conversa com ela e acho que dei a ela um pouco de paz que ela precisava.

— Não tenho qualquer dúvida quanto a isso. Você é incrível no que faz.

— Obrigada, querida. Eu mesma não tenho mais nada, mas recebi algumas novidades do Tom. Infelizmente, Johnson vai acusar o pobre e velho Jack Adams. O sargento Mills acha que é simplesmente para encerrar o caso e tirar o chefe de cima dele. E então ele vai se livrar do Tom também, mandando-o de volta para a patrulha. Além disso, o Dr. Gibson fez uma reclamação ao superintendente sobre a maneira como foi tratado, portanto, ele quer que isso seja resolvido. Ele vai dar uma coletiva de imprensa amanhã. Se não fosse pelo fato de que isso arruinaria a vida de Jack, eu o deixaria ir em frente e anunciar ao mundo, e então Tom poderia dizer que está errado na frente de todos. Mas é melhor não fazer isso. Portanto, se pudermos resolver isso hoje à noite, farei com que Tom diga a Mills para dar as más notícias a ele. Agora, Abigail, estamos todos empolgados para ouvir o que você descobriu, e estamos surpresos porque Lillian disse que você acha que Josh foi morto porque ele sabia algo sobre a pessoa que matou Celia.

— Adoro que você tenha fé em mim, mas na verdade, não acho que tenha sido uma pessoa, mas sim mais!

Terry explodiu com a declaração.

— Ah, vamos lá! Pelo amor de Deus, Abigail. — Ele não podia ficar quieto por mais um segundo. — Eu não acredito por um minuto que você saiba de alguma coisa. Você só gosta de ser importante. O centro das atenções.

Abigail se sentiu uma tola. Não apenas por pensar que eles tinham fé nela, mas também porque ela começou a olhar para Terry de uma nova maneira recentemente. Ela pensou que eles se aproximaram depois que salvaram aquela pobre garota, e ele até a defendeu depois que Lillian tentou atacá-la. Ela começou a se importar com ele, e ele era apenas dez anos mais velho do que ela, e o tempo e os anos não significavam mais nada para nenhum deles. Quando ela vai aprender? Nunca provavelmente.

— Sinto muito que você se sinta assim, Terry. Percebi que, às vezes, você se ressente de mim e não pense que nunca o vi xingando ou rindo pelas minhas costas. Portanto, vou lhe dizer o que acho que aconteceu e, se eu estiver certa ou errada, vou deixá-lo em paz. Vou seguir em frente. A agência de detetives foi uma má ideia, vejo isso agora. Isso virou a vida de todos vocês, bem, vocês sabem o que quero dizer, de cabeça para baixo. — A sala ficou em silêncio.

Betty foi a primeira a falar.

— Adoro a agência, Abigail, e quero ouvir o que você tem a dizer.

— Está bem. Vou terminar o que ia dizer e então vocês podem concordar ou discordar.

— Sim, por favor, — disse Celia. — Vamos voltar para onde você disse que Josh foi morto porque ele sabia algo sobre o meu assassinato. Mas não tenho certeza se concordo. Foi um acidente na M1, em uma estrada muito molhada. Sei, pelo inquérito, que freei forte quando um caminhão diminuiu a velocidade e fui contra ele, e um carro bateu na minha traseira e depois outro contra eles. A rodovia ficou bloqueada por horas e foi considerado um acidente. Felizmente, fui a única que morreu, mas havia outras cinco pessoas que foram levadas às pressas para o hospital com alguns ferimentos graves que mudaram sua vida.

Abigail continuou a história.

— Mas, de todos os assassinatos, o seu é o único ao qual Josh pode estar ligado. E não foi porque ele era enfermeiro. Ao contrário dos outros, era porque ele era um bombeiro. Era preciso se livrar de você porque estava investigando os outros assassinatos e pediu ao seu chefe para fazer uma matéria exclusiva para o jornal. Você entrevistou muitas pessoas no hospital e sabe como essas coisas acontecem. A única pessoa que estaria preocupada com isso seria o assassino. Claro, teria que parecer um acidente. Seu editor teria ficado ainda mais interessado em publicar uma história se sua morte seguisse esse padrão. Então, você não poderia ter um ataque cardíaco. Este tinha que ser um acidente aleatório. Quão fácil seria segui-la em uma estrada movimentada e molhada e, quando a pessoa visse você frear, ela literalmente bateria em você enquanto acelerava? Ficou ainda melhor porque você estava entre eles e um caminhão. Infelizmente para eles, o carro que estava atrás estava se aproximando e também os atingiu. Josh, você era bombeiro, ouso dizer que viu muitos casos como este. Eu sei que quando Tom encontrou o carro de Jason Masters que bateu em uma árvore, ele chamou uma ambulância e a brigada de incêndio. Ele teve de ser retirado, pelo que me lembro.

— Isso mesmo. Era uma grande parte do trabalho.

— E me diga, Josh, — Terry pensou, ela acha que está no tribunal agora. — Há cerca de dois anos, você foi chamado para um acidente com vários carros na M1, onde pelo menos três carros bateram na traseira de um caminhão, com uma vítima fatal?

— Oh, meu Deus, Abigail, eu estava. Tivemos que abrir dois carros.

Abigail fez uma reverência e disse para Terry:

— Eu encerro meu caso, milorde.

# Capítulo Vinte E Três

— Bem, estou arrasada, — disse Celia. — Isso é incrível. Você realmente tem um dom para isso. Que pena que você está morta.

— Eu sei, é irritante. Toda arrumada e sem ter para onde ir.

— Bem, não tão bem arrumada, — Betty riu. — Mas você ainda não nos disse onde, por que e quem. Eu morreria de excitação se já não tivesse morrido.

— Como diabos você resolveu isso? — perguntou Lillian. — Eu ouvi tudo o que você ouviu e não tenho a menor ideia.

— Todos vocês e Tom me deram a informação, e eu guardei as coisas importantes no bolso para mais tarde. — Abigail olhou para o pijama. — Bem, meu bolso hipotético, obviamente. E tudo o que parecia não se encaixar, eu tentava registrar em outro lugar.

— Debaixo do seu chapéu, — acrescentou Betty prestativamente.

— Exatamente. Havia algumas coisas que se destacavam como as enfermeiras Gray e Bright brigando por uma promoção, e Lillian acabara de ser promovida à Ala Infantil.

Quais eram as chances de Celia morrer naquele momento? Muito pequenas, eu acho. Então não parecia haver motivo para Josh ter sido morto, a menos que fosse outra coisa. E saber pelo que fui morta me fez pensar muito sobre o que Josh poderia ter testemunhado. Mas a maior pista, ou mesmo discrepância, tinha a ver com sua morte, Lillian. Alguém mentiu. Eu não teria percebido se você não tivesse me mostrado.

— Eu não teria conseguido sem você.

— Fico feliz em ajudar, mas não tenho a menor ideia de como fiz isso.

— Estava bem na minha frente. No começo, pensei que os assassinatos eram porque vocês eram mulheres e era amor ou ciúme. Então poderia ter sido um estranho ou alguém do hospital, mas quando Josh foi morto, isso estragou essa teoria. Mas depois que descobri quem poderia ser, o resto se encaixou. Percebi que o motivo real era porque eram enfermeiros, mas não pelo que eram, mas pelo que havia acontecido no trabalho. Lillian, você tinha acabado de conseguir o emprego dos seus sonhos na ala infantil. Doreen acabara de ser nomeada Enfermeira-Chefe ou Matrona, como era nos bons e velhos tempos.

— Então foi Michelle Bright, porque ela queria aquele trabalho como... — disse Lillian.

— As pessoas não matam por um emprego, — rosnou Terry.

— Terry, você e eu sabemos que as pessoas matam por muito menos. Mas não, não foi Bright porque ela conseguiu o emprego e não teria matado por seu emprego, Lillian. Sem ofensa.

— Não se esqueça de que não fui promovido, Abigail, — disse Josh.

— Não. Eu ainda acho que você foi morto por saber de algo.

— Então, conte-nos sobre a pista e como eu ajudei, — disse Lillian. — Porque não tenho a menor ideia.

— Felizmente para nós, nossa nova colega tem uma memória eidética e poderia nos dizer exatamente o que foi dito em seu inquérito. Até os nomes e horários exatos. E Josh nos lembrou de seus sapatos enlameados, com os quais todos nos acostumamos e não pensamos mais. Tínhamos conversado sobre o fato de que foi o pobre velho Jack quem te encontrou, Josh, e então conversamos sobre quem te encontrou, Lillian. Celia nos disse que uma enfermeira, Stephanie Epsom, terminou o trabalho logo depois de você e a encontrou inconsciente ao lado do seu carro. Ela fez a reanimação, mas você morreu assim que o Dr. Pearce chegou. Ao fazerem isso, ele registrou a hora da morte às 20h19. Bem, Lillian ficou muito chateada enquanto conversávamos sobre isso. Pode ser um lugar profundo e perturbador onde você morreu, eu sei disso. Então eu dei um abraço nela, e esse foi o momento crucial para mim.

— Não entendi. — Josh disse o que todos estavam pensando.

— Cheguei perto o suficiente para ver o relógio dela! Lembre-se, Terry, você me disse que o relógio de ouro chique de Jason parou de funcionar no momento em que ele morreu. Bem, o médico disse que ela morreu às 20h19, mas o que diz o relógio?

Lillian se levantou e caminhou até o espelho acima da lareira.

— Dez e vinte.

— Não, na verdade não. Veja, Josh. Não se esqueça de que você tem que levantar o relógio do peito de uma enfermeira para dizer as horas, e um espelho também o vira para o outro lado.

Josh se aproximou e inclinou a cabeça para ver.

— Ela está certa, sabe. Pouco antes das dez. Cerca de 8h09.

— Ai, minha nossa. Está preso ao meu uniforme há anos, e só posso vê-lo em um espelho, e parece que são dez e vinte!

Abigail continuou a história.

— Ah, sim, isso acontece. Mas todos nós deixamos passar, como os sapatos sujos de lama. Esqueço que estou de pijama às vezes. É incrível o que se torna comum. Ela disse que você ainda estava viva quando te encontrou. Então, quem estava mentindo? Duvido que fosse o médico, ele não estava lá. Portanto, a única que poderia estar mentindo era a enfermeira que estava presa na enfermaria de geriatria há 25 anos – Enfermeira Stephanie Epsom. Acho que ela seguiu Lillian até a porta, e talvez você tenha visto a seringa e provavelmente o olhar em seu rosto e tentou fugir. Eu acho que você correu na grama e depois lutou para entrar no seu carro, mas ela te pegou. Ela teve que tirar a seringa e colocá-la na bolsa, mas então, e eu só posso supor, ela viu o médico chegando e se ajoelhou ao seu lado, fingiu que você ainda estava viva e disse a ele que você ainda estava respirando. Foi quando ele tomou seu pulso e a declarou morta às 8h19.

— E é tudo por causa de uma promoção que perdi minha vida?

— Temo que sim. Deve ter se acumulado depois de uma vida de decepções. Ela trabalhou lá toda a sua vida profissional. Presa na mesma ala e nunca considerada boa o suficiente para ser promovida. Veja bem, ela era uma das enfermeiras antiquadas que nunca haviam ido à faculdade. Ela aprendeu no trabalho, e não era mais o que o hospital queria. Ela havia dado tudo ao seu trabalho, e qualquer chance de uma vida pessoal havia falecido. Acho que ela ficou amarga e odiava a todos, incluindo a si mesma.

— Mas ela saiu há anos. Para cuidar de seu irmão que era deficiente, — Celia a lembrou.

— Josh disse que conseguia se lembrar do nome Epsom, mas não de Stephanie, então essa é uma das coisas que Suzie e eu procuramos na biblioteca. Lembre-se de que ele disse que um idoso havia morrido de uma queda no dia em que morreu e sua irmã estava lá. Procuramos para ver se Stephanie tinha um irmão. Ela tinha. Um irmão seis anos mais velho, chamado Lewis. E quando olhamos para as mortes da semana passada, eis que um Lewis Epsom morreu no Gorebridge General depois de cair da escada.

— Agora eu me lembro. O nome dele era Lewis Epsom. Sua irmã estava chateada, mas disse que estava acostumada à morte, pois costumava ser enfermeira. Eu até disse a ela que costumava ser bombeiro.

— Receio que isso selou seu destino. Ela deve ter reconhecido você desde o dia do acidente. E antes que você diga qualquer coisa, Terry, a outra coisa que procuramos foi uma página no The Chiltern Weekly, de três anos atrás, onde diz "A própria e muito respeitada repórter Celia Hanson morreu em um acidente de carro". Também listou os sobreviventes e que Lewis Epsom ficou com ferimentos que mudaram sua vida. Depois disso, ela se aposentou e cuidou dele. Suzie verificou o registro eleitoral para mim e ela viveu com ele a vida toda.

— Por que ele iria querer ajudá-la?

— Isso eu não saberia, mas estou pensando que ela não dirigia e se ela não dirigia, por que ela estava no estacionamento? Ela precisava que ele fizesse isso. Talvez ela tenha dito a ele que se ele não a ajudasse, ela iria para a cadeia e então ele estaria por conta própria. Ela é obviamente uma psicopata, então quem sabe o que ela tinha sobre ele. No dia em que ele morreu, ela deve ter se preocupado que você a reconhecesse do acidente que matou Celia Hanson, que estava investigando os assassinatos de enfermeiras. Talvez com Lewis morrendo, ela pensou que você poderia conectá-la à morte. Era de conhecimento comum em todo o hospital que as enfermeiras deveriam cuidar quando saíssem do trabalho e que

Celia Hanson achava que havia algo acontecendo antes de morrer.

— Eu nunca teria juntado tudo isso.

— O problema é que ela é como Charles foi comigo. Eles são pessoas muito parecidas. Ambos são narcisistas, então eles acham que o mundo gira em torno deles, e eles são tão importantes que temos certeza de estar fixados neles.

Terry acrescentou:

— Se ela matou Josh... se... como ela tinha a seringa e o veneno com ela? Ela não saberia que o encontraria, saberia?

— Bom ponto. Mas seu irmão morreu pela manhã e o registro eleitoral tinha seu endereço, e é literalmente meia hora a pé do hospital. Acho que ela foi para casa e pegou. Então tudo o que ela precisava fazer era pairar até que Josh terminasse seu turno. Mas, felizmente para ela, ela o observou ir à farmácia e aproveitou a chance.

— Se for verdade, como vamos pegá-la? Ela não vai admitir, vai? — disse Terry.

Hayley teve uma ideia.

— Eu poderia visitar e dizer a ela que Lewis veio até mim e ela tem que se entregar.

— De jeito nenhum, Hayley. É perigoso demais. Pelo que sabemos, ela já matou quatro pessoas. E sabe de uma coisa, eu não ficaria surpresa que ela matou o irmão. Quem sabe, ela poderia tê-lo empurrado escada abaixo, especialmente se ele estivesse ameaçando confessar. Eu acho que você precisa dizer a Tom o que pensamos e talvez o sargento Mills possa dizer a Johnson.

— Ai, minha nossa, querida. Consegue imaginar o que ele vai dizer? Ele vai enlouquecer. Você acha que eles vão conseguir a prova, Abigail?

— É muito mais fácil quando você sabe para quem está olhando. Eles provavelmente encontrarão o veneno em sua casa ou suas impressões digitais ou DNA na escada. A polícia pode verificar quando Lewis chegou ao hospital e alguém pode até tê-la visto te observando, Josh, e te seguindo. Quanto ao acidente, a polícia terá um relatório e poderá descobrir quem estava dirigindo o carro que bateu em você, Celia. Se ela estivesse no banco do passageiro ou dirigindo, isso por si só seria suspeito. Qual seria a chance de ela bater atrás de alguém que estava investigando um assassinato ao qual ela estava conectada? Então eles podem verificar seus álibis ou horários de trabalho para os outros assassinatos. Na falta disso, tenho certeza de que o inspetor Johnson será capaz de intimidar uma confissão dela.

— Bem feito para ela, eu diria, — disse Lillian. — Que desperdício de vidas. Me sinto muito deprimida agora. Eu gostaria que todos pudéssemos ir ao pub.

Celia bateu palmas.

— Bobagem, todos nós deveríamos estar felizes. A Agência de Detetives Mortais acabou de resolver dois casos arquivados e um ou talvez mais dois assassinatos. Deus sabe quem mais Stephanie Epsom teria matado em seguida.

— Sim, — disse Abigail. — Eu acho que ela pode ter ido atrás de Hayley. Ela havia visitado os Soames e poderia ter ido ver qualquer um dos outros suspeitos. Terry está certo, sou horrível por colocá-la em perigo.

— Não, eu não disse isso. Você é mandona, auto-opinativa, barulhenta...

— Mas?

— Não há mas... — disse Terry e sorriu. — Mas, na verdade, você é incrível. Retiro tudo o que disse. Bem, não tudo, mas a maioria.

— Obrigada, Terry. No entanto, foi um esforço conjunto. E Celia, não teríamos conseguido sem você. Vamos esperar que o jornal faça uma exclusiva quando tudo sair, e Hayley, você pode fazer com que Tom diga a eles para mencionar Celia.

— O que eu mais gostaria é ajudar sua agência de detetives de vez em quando.

Todos concordaram com isso e conversaram pelos próximos dez minutos até Hayley acabar com isso.

— Agora, por mais que eu ame todos vocês, por favor, vocês poderiam ir e assombrar outra pessoa por um tempo. Luna precisa se alimentar, e Tom estará em casa a qualquer minuto e acho que será muito mais fácil e definitivamente mais rápido se vocês não estiverem aqui.

— Eu sei, Terry. Enquanto estamos em movimento, por que não visitamos aquela Janette em Windmill Lane, que está sendo assombrada dia e noite? — sugeriu Abigail.

— Sei como ela se sente, — Hayley riu.

## Capítulo Vinte E Quatro

Terry e Abigail esperaram do lado de fora da casa de Janette até terem certeza de que ela havia ido para a cama. A última coisa que queriam fazer era assustá-la até a morte. Como Terry havia pensado, era um dos chalés que os fazendeiros recebiam com o trabalho, na época em que os trabalhadores e suas famílias tinham de fazer reverência ao senhor e à senhora da mansão. E se não o fizessem, eles poderiam perder seus empregos e a casa, assim como se estivessem muito doentes ou muito velhos para trabalhar, eles estariam fora. Ele não conseguia se lembrar de como sabia todas essas coisas sobre as quatro casas à sua frente, mas elas traziam algumas novas memórias para Terry, e ele não conseguia deixar de se perguntar por quê. E elas não eram muito boas por algum motivo. Não é de admirar que Janette pudesse sentir uma atmosfera, embora agora essas pequenas casas geminadas valessem uma pequena fortuna, e nenhum fazendeiro que ele conhecia jamais seria capaz de pagar por uma.

— Você está bem, Terry? Você parece um pouco preocupado.

— Eu tenho uma sensação engraçada de que já estive aqui antes, Abi. Que morei aqui, mas sei que fui criado em um orfanato desde que me lembro.

— Talvez tenha sido antes que você pudesse se lembrar, então. Como quando você tinha menos de cinco anos.

— Pode ser. Por alguma razão, sei que o quarto principal fica na frente e o pequeno nos fundos... e a lareira na sala de estar... lembro-me de que o contorno era feito de quadrados de tijolos. Três tijolos atravessando e três tijolos indo verticalmente, então era como um padrão xadrez.

Abigail pegou a mão dele e disse:

— Vamos ver.

Eles entraram em silêncio. Até Abigail conseguiu não falar enquanto seguia Terry até a sala de estar. Ela apontou animada para a lareira que era exatamente como Terry se lembrava – quadrados de tijolos estampados. Terry apenas deu a ela os polegares para cima, e eles começaram a verificar a casa, procurando em cada quarto por algo estranho e em um ponto se escondendo atrás do sofá, mas eles não viram nenhum fantasma. Janette tinha uma estante cheia de livros de mistério e terror. Talvez ela estivesse se assustando e fosse paranoica.

No andar de cima, em seu quarto, Janette estava encolhida em sua cama e parecia estar muito inquieta. Ela havia se certificado de que estava bem claro lá dentro, pois havia deixado a luz do patamar acesa com a porta aberta, mas não se levantou nem ouviu nada enquanto estavam lá. Eles ficaram escondidos nas sombras por cerca de duas horas e então decidiram desistir e sussurraram que tentariam na noite seguinte. Terry, que sabia dessas coisas, não sentia nenhuma energia residual como normalmente haveria depois de uma assombração. Talvez ela estivesse imaginando, ler um dos muitos livros de terror não ajudaria. Mas eles deviam a Hayley continuar com isso.

Nenhum dos dois admitiria, mas era bom que fossem apenas os dois, já que nunca tiveram a chance de ficar sozinhos nos dias de hoje. Era estranho que ele a achasse realmente irritante às vezes, mas ele sentia falta dela quando ela não estava lá. Ele nunca teve esses dilemas quando estava vivo, já que sempre foi o solteirão convicto. Parecia confuso, mas bastante agradável, então sim, eles definitivamente teriam que voltar outra noite – pelo bem de Janette, é claro. E Abigail prometeu ajudá-lo a desvendar o mistério de saber tudo sobre a casa, que ele nunca tinha estado!


No escritório do Departamento de Investigação Criminal de Gorebridge, todos estavam pisando em ovos em relação ao inspetor Johnson. Ele estava prestes a dar sua coletiva de imprensa sobre as acusações contra Jack Adams com as câmeras de televisão começando a rolar quando o sargento Mills disse que precisava ter uma conversa urgente com ele.

Depois disso, logo se espalhou que ele havia prendido a pessoa errada e o culpado era uma velhinha que morava com o irmão. A maior parte da estação achou que foi hilário e nada mais do que ele merecia. Mills e Bennett pairaram perto de sua porta, esperando ouvir o que ele disse ao Chefe de Polícia que acabara de telefonar para ele. Depois de cinco minutos, eles saíram correndo quando a porta se abriu e um Johnson muito irritado gritou:

— Mills, Bennett, venham comigo, AGORA. Me dê o endereço dessa mulher Epsom. Por que diabos não me contaram sobre ela antes? As cabeças vão rolar por causa disso, pode acreditar. E se eu descobrir que você tem algo a ver com isso, Bennett, você trabalhará noites na parte mais difícil de Gorebridge pelos próximos dez anos.

— Entrevista com início no dia 22 de maio às 11h15. O Detetive Chefe Inspetor Johnson e o Sargento Mills estão presentes, com o advogado do réu. — Eles estavam sentados em frente a um homem de meia-idade, em um terno listrado, e uma mulher magra e ereta com um sorriso no rosto, que parecia muito mais velha do que seus sessenta anos. Como se ela não machucasse uma mosca, pensou Mills.

— Por favor, diga seu nome para a gravação.

— Stephanie Anne Epsom.

— Stephanie Epsom, você foi presa pelo assassinato do enfermeiro Josh Latham e Celia Hanson e possivelmente outros, até mesmo seu próprio irmão. O que você tem a dizer?

— Inocente, é claro. Eu nem conhecia nenhum deles, e você não pode provar que eu conhecia.

— Sabemos que você conheceu o enfermeiro Josh Latham no hospital na manhã de 11 de maio, quando seu irmão morreu.

— Conheci muitos enfermeiros naquele dia. Eles foram muito gentis comigo. Mas eu estava tão abalada com a morte do meu irmão que não consigo me lembrar de nenhum deles, inspetor.

— Se você diz. Também temos testemunhas que viram você voltar ao hospital mais tarde naquele dia.

— Como eu disse, fiquei muito abalada e, agora que penso nisso, voltei para ver se poderia pegar seus pertences pessoais. Também para tentar descobrir o que havia acontecido. Eu tinha todo o direito de estar lá.

— Fizemos uma busca em sua casa e encontramos seringas, Sra. Epsom. As autópsias estão sendo feitas para ver se alguma das vítimas recebeu algo suspeito.

— Eu era uma enfermeira que cuidava do meu irmão com deficiência, então naturalmente tinha seringas.

— Encontramos a droga Entrinatron em sua casa. Se encontrarmos um vestígio em Josh Latham ou em seu irmão, nós pegamos você. Então vamos exumar Doreen Gray. Infelizmente para você, ela foi enterrada, não cremada. Também temos evidências de que seu irmão estava dirigindo o carro, com você como passageira que matou Celia Hanson – a jornalista que investigava os assassinatos das enfermeiras.

— Nunca conheci ela.

— Ela estava fazendo um artigo e estava fazendo perguntas no hospital enquanto você ainda estava trabalhando lá. Tenho certeza de que alguém a viu falando com você ou que você a viu. Você não era tão popular, era, Srta. Epsom? Foi rejeitada em todos os empregos de alto nível e não conseguiu fazer amigos. Você até teve que viver com seu irmão toda a sua vida adulta.

— Eu disse que ele era deficiente, — disse ela. O sorriso agora havia desaparecido.

— Mas ele nem sempre foi, pelo que vejo. Na verdade, ele só perdeu o uso das pernas após um acidente. Mas que coincidência? Acontece que foi o acidente que matou Celia Hanson.

Stephanie deu de ombros.

— Como eu disse, meu irmão estava dirigindo. Isso não tem nada a ver comigo. E você sabe, poderia ter sido ele quem matou aquelas pobres enfermeiras? Agora que penso nisso, ele conheceu Doreen e Lillian Yin.

— Então é isso que você vai fazer, não é?

— Faz sentido para mim.

Johnson bateu com o punho na mesa.

— Então, como diabos ele conseguiu matar o jovem Latham se ele estava morto há quatro horas?

Stephanie Epsom sorriu docemente.

— Bem, ele deve ter simplesmente caído, afinal de contas.

Mills fez uma pergunta.

— Vamos voltar à morte de Lillian Yin. Você disse que a viu ao lado de seu carro depois que saiu do trabalho.

— Sim, é isso mesmo. Olhei para ela e a vi gritar e segurar seu peito, então corri para ajudá-la. Eu tentei salvá-la por alguns minutos. A médica apareceu tarde demais.

— Mas temos evidências de que ela morreu imediatamente, alguns minutos antes, então por que você estava fingindo salvá-la? Foi assim que você teve uma testemunha da morte?

— Não há como você saber se ela morreu antes disso, sargento. Vocês não estavam lá. — Ele não podia explicar como. Bennett havia dito a ele que uma fonte anônima havia dito a ele em sigilo que era verdade. Ele tinha a sensação de que era sua esposa, mas preferia não saber.

— Deixe-me perguntar uma coisa, o que você estava fazendo no estacionamento?

— O que eu estava fazendo? Eu estava procurando meu irmão.

— Nós verificamos. Ou você ia para casa a pé ou ele a pegava na frente. Então eu pergunto de novo, o que você estava fazendo no estacionamento? Porque você mesma não dirige, não é? É por isso que você teve que fazer seu irmão dirigir quando seguiu Celia naquele dia. Quantas vezes você teve que segui-la antes de encontrar o momento certo para fazer isso? — perguntou Mills.

— Isso cabe a você descobrir. Você realmente acha que vou admitir isso? Então você está dizendo que matei três enfermeiros, uma jornalista e meu próprio irmão só porque não consegui um emprego?

— Isso é exatamente o que estamos dizendo, — respondeu o sargento Mills.

— Então, novamente, talvez eu devesse alegar insanidade. Eu poderia ir a um hospital e deixar alguém cuidar de mim pelo resto da minha vida, para variar.

O Inspetor Johnson gritou de volta para ela:

— Isso nunca vai acontecer. Vou me certificar de que você apodreça na cadeia pelo que fez. — Fazendo-o parecer bobo na frente de todos, ele estava pensando. Além de ter que fazer um relatório completo para o Comitê de Controle, ele teria que dar outra coletiva de imprensa. Desta vez, explicando por que ele prendeu o homem errado e como eles perderam o fato de que havia duas enfermeiras assassinadas e nem perceberam. Ele conseguiria as evidências para que ela fosse presa, mesmo que tivesse que plantá-las em sua casa!

## Capítulo Vinte E Cinco

N a sexta-feira de manhã, a Agência de Detetives Mortais teve uma reunião especial na casa de Hayley. Eles ouviram que Stephanie Epsom havia sido presa e acusada, mas queriam todas as fofocas e notícias. Hayley tinha ido às bancas de jornal e ia fazer uma leitura especial do artigo do The Chiltern Weekly sobre o caso. Todos estavam lá, até mesmo Luna, exceto a jovem Suzie e Tiggy.

— Se vocês estão todos sentados confortavelmente, então vou começar. — Luna com certeza estava; ele estava encolhido, dormindo profundamente no colo de Hayley. — Celia, há uma linda foto sua e uma horrível de Epsom. — Ela segurou o papel para que todos pudessem ver. — Vou ler o título primeiro:

### MULHER PRESA POR ASSASSINATO DE ENFERMEIRO E JORNALISTA

Stephanie Epsom, de sessenta anos, de Belford Avenue, Gorebridge, foi acusada dos assassinatos de Josh Latham e Celia Hanson. O corpo de Josh foi descoberto em 11 de maio no Hospital Geral de Gorebridge. Uma autópsia forense determinou que ele havia morrido em decorrência de ferimentos na cabeça, disse um comunicado do Inspetor-Chefe Tony Johnson.

Celia Hanson morreu quando um carro dirigido pelo irmão de Epsom, o falecido Lewis Epsom e também a acusada, colidiu deliberadamente com seu carro na M1 em 2020.

Uma busca forense na casa de Epsom encontrou evidências incriminatórias. Epsom trabalhava no Hospital Geral de Gorebridge há mais de 25 anos, e os colegas ficaram chocados com a notícia de sua prisão.

Josh Latham, 34 anos, era um estagiário de enfermagem e ex-bombeiro. O Serviço de Bombeiros de Gorebridge expressou sua tristeza com a notícia. Ele havia sido forçado a sair depois de uma lesão.

Epsom foi mantida sob custódia e comparecerá ao tribunal na quarta-feira. Espera-se que outras acusações ocorram.

O Chiltern Weekly gostaria de expressar sua devastação ao saber que sua muito amada repórter, Celia Hanson, havia sido assassinada. Na época, ela estava fazendo uma reportagem exclusiva sobre as mortes no Gorebridge General Hospital. As mortes de duas enfermeiras, Doreen Gray e Lillian Yin, devem ser reabertas graças a Celia. Um memorial ocorrerá em breve, e este artigo lhe dará mais detalhes de sua bravura e tenacidade em um futuro próximo.

Oliver Pickett, Editor.

— Aqui está você. O início do fim de outro assassino. Principalmente graças a você, Celia.

— Graças a todos nós, Hayley, — disse uma Celia muito feliz.

Lillian colocou a mão na boca.

— Você não sabe o quanto é bom ouvir meu nome sendo usado no mundo real. Eu pensei que já teria sido esquecida. Não é nem sobre justiça; é sobre ser lembrada e que alguém se importa.

Terry pegou a mão dela.

— Estou feliz por você. Excelente trabalho, Abigail. — E desta vez ele quis dizer isso. Ele gostaria de ser lembrado. Ele imaginou que seria um sentimento perfeito. Ele se perguntou se Abigail poderia ajudá-lo a descobrir sobre si mesmo. Eles estavam se dando muito melhor hoje em dia. Ele até pensou que eles poderiam ser algo mais do que amigos, mas decidiu que isso nunca aconteceria, ele não a havia tratado bem ultimamente.

Terry sempre presumiu que não tinha família alguma. Mas ele deve ter tido pais. E se ele tivesse irmãos e irmãs? De alguma forma, ele sempre teve afinidade com os agricultores. Ele sentiu isso quando esteve naquelas velhas casas de campo onde Janette morava. Ele teve a sensação de que uma vez não havia tirado o chapéu quando a senhora da mansão passou em sua carruagem, e no dia seguinte, na escola, ele recebeu uma régua na palma da mão. Isso não foi quando ele estava morando no orfanato. Onde ele estava morando naquela época? Era um mistério, e não havia ninguém melhor para descobrir a verdade do que Abigail e Hayley. Ele estava morto há tanto tempo que nem se lembrava se tinha família antes de ir para a casa de órfãos Barnardo. Ele poderia ter tios e tias ou irmãos ou irmãs. Ele parou de sonhar acordado quando Betty perguntou a Hayley quais evidências incriminatórias haviam sido encontradas na casa.

— Tom foi com eles procurar e, na gaveta debaixo da cama dela, encontraram seringas e uma droga chamada Entrinatron, que pode ter feito com que as mortes se parecessem com ataques cardíacos. Agora eles têm algo para verificar. Ela obviamente o pegou da farmácia. Não houve nenhuma prova concreta, como você disse, Betty. Mas depois do interrogatório, Johnson insistiu que eles tinham que voltar e verificar a casa novamente, caso tivessem perdido alguma coisa, e vocês não vão adivinhar o que eles encontraram?

— Não, não vou; diga-nos rapidamente, — implorou Betty.

— Na parte de trás de uma gaveta, havia um pedaço de papel, e nele estava o nome, o endereço e a marca e o modelo do carro de Celia. E não só isso, sua placa também.

— Então eles a pegaram pela morte de Celia e o motivo da sua, Josh. Tempo de felicidade, — exclamou Abigail. — Graças a Deus, Johnson voltou para verificar a casa novamente. Talvez haja esperança para ele.

Hayley tinha suas suspeitas sobre o momento do brilhantismo de Johnson e a descoberta das evidências cruciais.

— Posso dizer que Tom também ficou surpreso. Ele acha que eles nem vão investigar o assassinato do irmão, mas estão falando sobre exumar Doreen e olhar para os outros. Mas isso é o que é interessante; ela está falando sobre alegar insanidade.

— Bem, ela não está errada, está? — perguntou Lillian. — Contanto que ela admita todos os assassinatos, isso seria suficiente para mim. E você, Celia?

— Eu gostaria muito de um processo judicial, mas suponho que faria justiça a todos.

— Sim. Tom disse que ela teria que admitir todos os quatro assassinatos e talvez até o do irmão. Para ser honesta, seria melhor para nós na agência, pois poderia haver algumas perguntas estranhas sobre como as outras mortes foram questionadas e como Tom sabia que ela estava mentindo durante o tempo da morte. Porque foi isso que começou tudo, e Celia conversando com Josh, e ele sentiu algo nas costas pouco antes de cair. Caso contrário, sua morte teria sido apenas a de um jovem enfermeiro trabalhando demais e descendo as escadas às pressas. Tom não pode dizer que recebeu informações de uma detetive e uma repórter mortas por meio de sua esposa vidente.

Celia teve que concordar.

— Sem esquecer uma nota digitada no computador de um editor pela repórter morta. Contanto que ela esteja presa para sempre, posso viver com isso.

— Não comece com as piadas também, — riu Terry.

— Tenho certeza de que ela estará, — disse Hayley. — Mas essa não é a única boa notícia no jornal hoje. Há um pequeno trecho na página cinco sobre o Não Tão Honorável Charles Hatton. — Isso fez com que todos ficassem atentos. — Ele deve comparecer ao tribunal em 22 de setembro no Tribunal da Coroa de Gorebridge.

— Notícias fantásticas, — disse Abigail. — Tenho a sensação de que todos teremos assentos na primeira fila.

— Não tenho certeza se quero ir, — disse Lillian. — Ainda fico triste quando penso no Jim. Eu realmente gostava dele. Se não fosse por Charles, ele nunca teria matado ninguém. Sinto muito, Abigail.

— Você tem toda a razão. Ele era basicamente uma boa pessoa, mas tomou uma decisão muito ruim. Curiosamente, não o culpo tanto quanto Charles. Se não fosse Jim, ele teria encontrado outra pessoa.

Betty também pensava assim.

— Jim estava sem dinheiro e solitário na época. Acho que ele viu isso como uma maneira de se livrar da vida.

— Bem, ele conseguiu o que queria, — disse Terry, sorrindo. — Acho que não seria tão indulgente quanto você, Abigail. Mas dizendo isso, ele recebeu um castigo muito pior do que Charles. Por enquanto, pelo menos. Isso me lembra, Hayley, você ouviu mais alguma coisa de Janette sobre sua assombração?

— Não. Não posso dizer a ela que você checou a casa dela e não viu ninguém, mas vou dizer a ela que vou visitar e ver por mim mesma. Farei isso agora. — Hayley começou a tocar em seu telefone para enviar o e-mail. — Querida Janette. Tenho algum tempo livre e irei esta noite para ver se posso ajudá-la com o seu problema, enviado... Isso foi rápido, ela já respondeu... Querida Hayley. Não adianta vir hoje à noite, só os vejo durante o dia enquanto estou no trabalho. Eu poderia encontrá-la lá amanhã depois do trabalho por volta das seis horas.

— Isso é estranho, — disse Terry.

— Onde fica isso? — digitou Hayley.

— A Biblioteca Pública de Becklesfield, — Janette – a bibliotecária – digitou de volta.


— Ah, pelo amor de Deus, — disse Betty. Todos começaram a rir e conversar ao mesmo tempo.

— Isso... é hilário Fomos nós que assustamos aquela pobre mulher. Eu não tinha ideia de que ela achava que era assombrado, — disse Abigail. — Vamos ter que ter mais cuidado e usar mais a sala de referência. E precisaremos fazer mais panfletos e cartazes dizendo que a Agência de Detetives só abre depois da meia-noite. Sério, quais são as chances disso? De todas os médiuns do mundo, ela entra em contato com você. Isso por si só é meio assustador. E quando você pensa sobre isso, resolvemos outro caso para alguém, embora por acaso. Perdi a conta agora, mas como você sabe, não sou de tocar meu próprio trompete.

Terry realmente começou a rir disso.

— Ha. Você toca seu próprio trompete mais do que Kenny Ball.

— Não faço ideia de quem seja, Terry, mas suponha que ele não tenha tocado muito, — esbravejou Abigail.

Betty respondeu rapidamente.

— Ah, não, querida, ele era um músico brilhante. Eu adorava Kenny Ball e sua banda de jazz.

— Bem, muito obrigada, Betty. Eu pensei que você era minha amiga, — disse Abigail e começou a rir também. O que, com todos os assassinatos e investigações, risos e diversão, de alguma forma foi esquecido. Foi um momento adorável para todos eles.

Hayley colocou a mão na boca e ofegou.

— Oh, meu Deus, pessoal. Acabei de pensar em algo que esqueci. Janette me disse em seu primeiro e-mail que não eram apenas fantasmas, havia uma mulher estranha e louca da qual ela não conseguia se livrar. Era eu! Naquele dia na biblioteca, ela praticamente disse que eu era completamente maluca por falar sozinha, vocês se lembram? Eu culpo vocês. No final, vocês vão acabar me expulsando.

— É engraçado, mas não posso deixar de sentir um pouco de pena dela, — disse Betty. — Eu acho que devemos ficar longe da biblioteca quando ela estiver lá. Eu gostaria de me desculpar, mas isso a assustaria. Talvez você possa contar a ela, Hayley, querida.

— Obviamente não posso encontrá-la amanhã. Estou

surpresa que ela não tenha me reconhecido no site. Mas coloquei uma bela foto de meus tempos de juventude. Eu deveria estar um pouco chateada por ela não ter pensado que era eu. Terei que dizer que recebi uma mensagem de que os fantasmas se foram e não a incomodarão novamente, e na verdade isso é verdade quando você pensa sobre isso. Mostra o quão cuidadosos temos que ser.

Abigail e os outros disseram que tentariam ser um pouco mais atenciosos no futuro, para que ela não parecesse tão estranha. Mas Hayley tinha que admitir que esse navio já havia partido muito antes de eles entrarem em sua vida!

— Tenho mais algumas boas notícias que estou muito animada para compartilhar com vocês, — disse Hayley. — Isso foi totalmente inesperado. Recebi um telefonema de Lady Caroline Hatton me convidando para o chá na segunda-feira.

— O que será que isso significa? — disse Abigail.

— Ela ouviu um boato de pessoas de que eu havia ajudado no caso contra Charles, você acredita? E agora que foi morar em Chiltern Hall, ela quer conhecer outras pessoas da região e me agradecer. Helen e Angus se mudaram para a Escócia e ela está herdando tudo agora. Eles não estão morando na casa principal, mas ela os está deixando ficar no pequeno chalé lá, o que é muito gentil da parte dela. Ela não precisava, mas isso mostra o tipo de pessoa que ela é. Ela também quer fazer uma leitura enquanto eu estiver lá. Pode ser que ela queira tentar entrar em contato com seus pais. Ela era muito jovem quando eles morreram. Não faço ideia de como ela sabia sobre mim, ou sobre nós, devo dizer.

— Aposto que é o Instituto das Mulheres.

— Ou Oliver, meu editor.

— Tom disse que o comandante sabe do boato de que há uma médium ajudando a polícia e que ele é a favor disso, desde que seja discreto. Aparentemente, a esposa dele gosta desse tipo de coisa.

— Isso é muito útil, — disse Abigail. — Talvez precisemos dela do nosso lado no futuro.

— Eu me perguntei se você viria comigo, Abigail? Receio que seja só ela, — disse ela aos outros. — Você não sabe o quanto é difícil ter uma conversa normal quando está lá. — Todos os outros detetives entenderam isso e disseram que não se importavam.

— Eu adoraria ir, Hayley. Eu prometo que vou ficar tão quieta quanto uma sombra. — Isso realmente os fez rir!

# Capítulo Vinte E Seis

E ra um dia adorável quando Hayley dirigiu a curta distância até Chiltern Hall. Arthur, o jardineiro, acenou para ela quando ela atravessou os portões ornamentais de ferro forjado e começou a descer a longa entrada de automóveis. Ele não sabia que ela não estava sozinha. Abigail sentou-se animadamente ao lado dela.

— Será que você aceita sanduíches de pepino e bolo Victoria. Eu gostaria de ter uma fatia de bolo e uma xícara de chá. Não estou sentindo fome, mas ainda quero um.

— Parece quando eu parei de fumar quando era adolescente. Eu nem estava desejando um, mas eu realmente queria um. Você precisa pensar em outras coisas. Tipo, o que diabos vou dizer a Caroline?

— Você poderia contar a verdade para ela? Talvez não tudo. Mas que eu a visitei e disse que fui assassinada e assumiu a partir daí.

— Vou avaliar de acordo com o que eu achar. Tudo depende das vibrações que recebo dela. Se ela for cética, então esqueça. Vou dizer que não tive nada a ver com isso, e tudo se deveu ao maravilhoso trabalho policial de Johnson.

— Você deveria pelo menos dizer algo crível, — riu Abigail.

— É verdade. Ela falou sobre isso, então eu acho que ela vai ficar bem sobre isso.

Hayley estacionou seu pequeno Mini vermelho e subiu as escadas até a porta da frente. Ela nunca tinha entrado e estava ansiosa para ver os móveis antigos e as obras de arte. Antes que ela pudesse bater, a porta foi aberta.

— Entre, senhora, — disse a Sra. Bittens, a governanta.

— Senhoras! — disse Abigail.

— Lady Caroline está na sala de estar. — Ela se levantou para cumprimentar Hayley e pegou a mão dela. A nova herdeira tinha um lindo cabelo castanho-avermelhado que foi puxado para um lado e caiu por cima do ombro em cachos. Abigail podia dizer pelo corte de sua blusa creme e calças bege que eram de uma certa marca de grife. Com sua estrutura alta e figura perfeita, ela não precisaria das habilidades de Abigail para fazê-las servir. Seus olhos azuis estavam emoldurados por cílios grossos e, embora tivesse tudo o que queria agora, Abigail calculou que teria a aparência de uma estrela de cinema.

— Prazer em conhecê-la. Não ouvi nada além de coisas boas sobre você. Seus ouvidos devem ter queimado na outra noite. Eu tinha um jantar e seu nome apareceu mais de uma vez. George Carson, o Chefe de Polícia, estava lá. Ele me disse que seu marido trabalha para ele e sua esposa é uma grande fã. Ela a viu no trabalho quando você disse a uma jovem que ela iria ter um bebê. Sente-se.

— Obrigada, Lady Caroline.

— Apenas Caroline, por favor.

— Isso foi em uma palestra do Instituto para Mulheres que eu dei. O pai dela veio até mim com uma mensagem para ela.

— Acho tudo tão fascinante. Embora quando estou aqui

sozinha à noite, estou morrendo de medo. É o tipo de casa onde pode ser fácil pensar que há cavaleiros de armadura andando por aí, ou o estranho monge atravessando paredes. Já ouvi falar de médiuns que ajudam a polícia, principalmente na TV, mas tenho que saber, você teve algo a ver com o meu primo ter sido pego? Não posso te dizer o quão grata estou se você ajudou. Eu ainda estaria sem um tostão em Londres.

— Você acha que vai desistir de atuar agora?

— Não tenho certeza, Hayley. Foi um trabalho árduo, mas sinto falta das pessoas, e fui avisada de que administrar a propriedade pode levar muito tempo. Nunca diga nunca.

— Você certamente tem a aparência para isso. Mas, se a Festa do Dia do Trabalhador foi um exemplo disso, então você terá muito trabalho pela frente. Depois, há o festival da colheita e as outras obrigações de caridade. Já ouviu falar mais sobre o processo judicial?

— Eu estive em contato com meu advogado, e ela foi informada de que Charles ainda pretende se declarar inocente, apesar de todas as evidências contra ele. Esse é o problema, o dinheiro sempre resolveu todos os problemas que ele já teve. Lembro-me de quando ele estava na escola preparatória, quase matou outro menino quando colocou veneno de rato no jantar por brincadeira. Ele seria expulso até que tio Angus pagasse por um novo pavilhão de críquete e tudo fosse silenciosamente varrido para debaixo do tapete. Depois, havia a criada que teve que ser paga quando ele tinha cerca de dezessete anos. Ainda não tenho certeza do que ele fez com ela, mas posso adivinhar. Ele sempre foi um pirralho mimado e nunca soube o significado da palavra não. Ele ainda não cresceu e ainda não se deu conta de que não pode mais ser protegido pela mamãe e pelo papai. Ele está em choque de acordo com meu advogado, que acha que ele está enfrentando uma sentença de prisão perpétua.

— Só acredito vendo. O dinheiro ainda fala, e Angus era

um magistrado, então ele ainda poderia conhecer as pessoas certas.

— Tenho a sensação de que meu tio pode estar olhando para sua própria cela por fraude. Ainda acho difícil pensar que eles me tirariam da minha herança. Não era apenas o dinheiro, eram as terras e o título. Eu nunca saberia se ele não tivesse matado aquela pobre mulher, Srta. Summers, acho que foi. Lembro-me de Helen me dizer por telefone, antes que alguém soubesse que era assassinato, que ela estava realmente chateada por ter morrido e sentiria muita falta dela – aparentemente boas costureiras são difíceis de encontrar.

— Encantador, — disse Abigail.

Hayley hesitou e olhou para Abigail, que estava sentada no sofá ao lado de Caroline, em frente à poltrona de encosto alto onde ela mesma estava sentada.

— Conte a ela. Continue, — insistiu Abigail para Hayley.

Ela soltou o ar das bochechas.

— Bem, eu preferiria que isso não fosse adiante, mas Abigail Summers veio até mim e me disse que ela havia sido assassinada e que eu poderia ajudá-la a descobrir quem a matou, então tivemos uma mão nisso.

Caroline estava animada e nada surpresa.

— Que fascinante. E ela disse que foi esse construtor, Jim Tate, ou ela disse Charles logo de cara?

— Bem, não com tantas palavras. Ela não sabia quem havia feito isso e, para começar, não fazia ideia de que havia sido assassinada. Não até ela descobrir que seus alarmes de $CO_2$ estavam faltando. Foi quando ela veio até mim. Portanto, tivemos que descartar as pessoas que Abigail havia visto antes de morrer. Havia alguns outros também, como seus parentes. Havia um contador desonesto – a propósito, não tenho nada a ver com Nathan Hill – mas não foi ele. Abigail estava muito ocupada com a costura, e ela realmente veio ao Hall alguns dias antes de morrer e fez um ajuste para Helen, Angus e Charles. Ela fez isso no quarto principal. Abigail pensou ter visto algo pelo qual teria que morrer.

— No meu quarto. Minha nossa. O que foi?

— Havia algumas fotografias, e uma era de seu pai, o que mostrava que ele era mais velho que Angus. Mas ela nem percebeu, na verdade. Charles presumiu que ela tivesse. E ela me disse que se lembrava de que havia uma linda paisagem de lago sobre a cama.

— A foto sumiu. Não me lembro de ter visto. Mas a pintura é de um lago na propriedade na Escócia. Eu mudei para cá. — Elas se aproximaram para ver seu novo lugar na parede perto da janela.

— É lindo. Não é de admirar que Abigail tenha adorado, — disse Hayley.

— Tem um significado especial para mim. Veja aquele barco ali – ele pertence à propriedade. Meus pais adoravam sair para velejar nele.

— Esse não é o barco em que eles perderam a vida, não é? Helen me contou sobre isso e disse que estava com medo da água, deve ser por isso.

— É esse, o Asphodel, que leva o nome da flor. Era um dia frio, mas não mais ventoso do que o normal, e ambos eram excelentes marinheiros. Eles achavam que, de alguma forma, meu pai tinha morrido por causa da explosão que atingiu sua cabeça, mas ele sempre foi cuidadoso com isso. E o corpo da minha mãe nunca foi encontrado. Eles presumem que ela caiu no mar quando o barco se inclinou. Ela era uma excelente nadadora, por isso sempre tive minhas dúvidas. Eu tinha cinco anos e posso me lembrar da mamãe e do papai. São eles. — Elas caminharam até o piano, no qual havia uma fotografia emoldurada de seu pai ruivo segurando um bebê e uma mulher muito atraente, sorrindo. Eles estavam sentados em um sofá, e Caroline estava vestida com um manto de batismo.

— Ela é linda, — disse Hayley. — Sinto muito.

— Foi logo depois que meu avô também morreu. Tudo foi revelado agora. Eles sempre me disseram que meus pais morreram primeiro e papai era o mais novo. Minha vida inteira mudou em uma semana. Diga-me e seja honesta, você acha que há alguma possibilidade que o acidente de barco tenha sido outra coisa, Hayley?

— Vamos perguntar para a especialista, certo? — respondeu ela.

— Tom?

Hayley riu.

— Por mais que eu adorasse dizer sim, quero dizer outra pessoa, que está ao seu lado. Sim, é isso mesmo – Abigail!

Os olhos de Caroline se arregalaram, mas ela não estava nem um pouco assustada.

— Ela realmente está aqui? Que maneiro. Ela pode me ouvir?

— Claro. Ela disse oi. E então, o que acha, Abi? Acha que o tio e a tia dela poderiam ter algo a ver com isso? ... Ela disse definitivamente... Mas isso não significa que eles fizeram. Ela presumiu que fossem apenas as datas hereditárias que estavam escondendo, mas quem sabe. Definitivamente foi um bom momento... Ela pediu se o barco foi examinado na época?

— Sim, foi. Havia sangue na explosão que era do meu pai, mas nada para dizer o que aconteceu com minha mãe. Sem sangue no corrimão ou algo assim. O inquérito determinou que foi um acidente. O vento poderia de repente subir lá no lago, e as velas poderiam tê-lo derrubado. Eles fizeram questão de dizer que nenhum deles estava usando um colete salva-vidas. Quando eles não voltaram, um grupo de busca foi enviado à noite e rebocou o barco de volta. Eles olharam novamente no dia seguinte, mas não havia sinal do corpo da mamãe. — Ela afastou uma lágrima.

— Abigail acha que muito tempo se passou e, até onde ela sabe, eles não abririam o caso. Qualquer prova já teria desaparecido. E ela diz que, se fosse você, manteria distância deles. Mas você não saberá ao certo, de uma forma ou de outra. O fato de Helen ter falado sobre o barco poderia significar que ela não tinha nada a ver com isso. Tenho uma sensação de medo, mas não de preocupação ou culpa.

— Mamãe nunca teria deixado eu e papai, então eu sei que ela está morta. Isso era outra coisa que eu queria perguntar a você, Hayley, você acha que poderia chegar até ela? Eu sei que é pedir muito. Veja bem, pude me despedir do meu pai no funeral, mas nunca tive um encerramento com a mamãe.

— Entendo perfeitamente. Provavelmente não serei capaz de fazer isso agora. Não sinto que ela está aqui, mas definitivamente vou continuar tentando. Qual era o nome dela, apenas no caso de ela vir até mim quando estiver pronta?

— Georgina.

Abigail e Hayley se entreolharam. Elas se lembraram do Dia do Trabalhador e pensaram em quando Terry tinha ido procurar o menino desaparecido, Dexter, no rio.

— Esse era o nome dela, não era? Ela estava no rio, esperando por alguém. Ela estava cuidando dos garotinhos, Lenny e algo assim, — disse Abigail animada.

— Foi, querida. Você não poderia escrever sobre isso, poderia?

— O quê? — perguntou uma Caroline confusa.

— Sinto muito. Abigail e eu ouvimos o nome Georgina, muito recentemente. Você ouviu que na Festa do Dia do Trabalhador um garotinho desapareceu?

— Sim. E seu marido o encontrou.

— Isso mesmo. Quando Terry, outro, sabe, foi ao rio procurá-lo, ele conheceu uma senhora e dois garotinhos, irmãos, acredito. Todos haviam falecido. Terry perguntou se eles queriam que eu os ajudasse a seguir em frente, mas os meninos estavam esperando por sua mãe e pai e a senhora, que se chamava Georgina, também estava esperando por alguém – uma jovem, acredito. Agora, isso pode ser uma coincidência, mas sinto nos meus ossos que ela está esperando por você.

Hayley não esperava que Caroline explodisse em lágrimas. Ela olhou desajeitadamente para Abigail, e elas se perguntaram o que fazer. Ela viu alguns lenços no aparador e pegou um para ela.

— Aqui, querida. Sinto muito, deve ser um choque terrível para você.

— É... a... melhor... coisa que já me aconteceu. Acredita que minha mãe está esperando por mim? E eu nem te ofereci seu chá... — disse ela entre soluços.

— Não se preocupe com isso. Gostaria que fôssemos ver se ela ainda está lá? Não posso prometer nada... Talvez tenhamos que fazer Terry nos dizer onde ela está. Mas tenho a sensação de que ela sempre estará esperando perto da água.

— Você se importaria se eu fosse me arrumar um pouco? Sinto-me uma verdadeira bagunça e, sem dúvida, estou toda vermelha de tanto chorar. Com licença, por favor.

— É melhor estarmos bem, — disse Abigail depois que Caroline saiu da sala. — Pode ser Georgina Bloggs, pelo que sabemos.

— Nem diga isso, querida. Consegue imaginar?

— Sim, eu posso. Você vai ter que dizer que acabamos de perdê-la e inventar alguma coisa.

— Não posso fazer isso. Com sorte, é ela. O que Terry disse sobre ela?

Abigail disse:

— Se ao menos ele tivesse vindo. Tenho certeza de que ele disse que ela estava usando roupas modernas, mas os meninos eram de muito tempo atrás. Parece que você também não vai comer um sanduíche de pepino. Ela é muito legal, não é?

— Ela é adorável... Ela está vindo, — sussurrou Hayley.

Caroline colocou um vestido de chiffon rosa e um pouco de batom e sandálias planas no lugar dos sapatos de salto alto creme. Agora Hayley realmente sentiu a pressão.

— Ela pode não estar lá, Caroline. Não crie muitas esperanças, por favor.

— Eu sei, Hayley. Não será sua culpa se ela não estiver. Prometo que farei com que a Sra. Bittens traga chá assim que voltarmos. Devo ser a pior anfitriã do mundo. — Elas deixaram a sala de estar pelas portas francesas e desceram os degraus até o gramado e seguiram o caminho até o rio.

Abigail franziu a testa e disse:

— Terry não mencionou uma casa de verão ou algo assim?

— Há uma casa de veraneio perto do rio, Caroline?

— Não que eu saiba... há a velha casa de barcos, é claro. Está lá há tanto tempo quanto a casa, eu vou te mostrar.

Abigail caminhou à frente e depois se virou com um grande sorriso no rosto. Estou vendo eles. Diga a ela que ela se parece com a mãe.

— Oh, Caroline, eles estão lá. Eu gostaria que você pudesse vê-los. Abigail diz que você se parece com sua mãe.

— Vou começar a chorar de novo se você não tomar cuidado. Onde ela está? — Elas viram a casa de barcos primeiro. Era um antigo prédio de madeira que precisava muito de reparos. Dentro havia um velho barco a remo em um estado semelhante e no qual os dois meninos estavam brincando.

Georgina se virou e só precisou dizer duas palavras para Hayley saber que ela estava certa.

223

— Meu bebê.

Foi a vez de Abigail e Hayley chorarem.

— É ela, Caroline. Ela disse "meu bebê".

— Mamãe, senti muito a sua falta. Ela pode me ouvir?

— Ela pode. Ela diz que não consegue acreditar em como você é linda e como está feliz em vê-la novamente. Ela está perguntando se você está feliz?

Georgina se aproximou da filha e tocou sua bochecha. Caroline pulou por um segundo e depois sorriu.

— Posso senti-la. Mamãe, é realmente você. Senti tanto sua falta. E estou tão feliz agora que nos encontramos novamente. Pela primeira vez, posso continuar com a vida. Sempre houve uma parte de mim que esperava que você entrasse pela porta. Ou quando eu estava fora, eu estava procurando por você constantemente, e às vezes eu até perguntava a uma senhora qual era o nome dela se ela se parecia com você. Você está bem, mamãe?

— Ela está agora que te viu novamente e sente o mesmo. Agora que ela sabe que você está crescida e feliz, ela quer seguir em frente e ficar com Graham.

— É compreensível. Eles estavam loucamente apaixonados; todos diziam. Podemos sentar e conversar um pouco mais?

— Ela está rindo e disse que esperou anos, então um pouco mais não vai doer.

Abigail disse que levaria os dois irmãos, Lenny e Albert, para uma caminhada para dar-lhes um pouco de privacidade. Com sorte, Georgina os levaria com ela quando estivesse pronta para ir. Hayley precisaria explicar que mamãe e papai não estavam vindo e que estavam esperando por eles do outro lado do rio. Ela segurou os dois pela mão e atravessou os gramados ajardinados em direção à casa para olhar as lindas flores que estavam florescendo. Os meninos não estavam nem um pouco

interessados nelas, então correram em direção a uma grande
árvore de cedro que era perfeita para escalar.

Ela estava pensando em como era um belo dia para estar
morta quando viu alguém caminhando por entre as hortênsias
violetas e vindo em sua direção.

— Eu pergunto, senhorita, você acha que pode me ajudar?
— Ele era um homem de cabelos loiros que estava
elegantemente vestido para jogar tênis. Pela calça creme,
Abigail datou as roupas dele da década de 1930. Em uma mão,
ele segurava sua raquete de madeira, e a outra segurava um par
de tesouras de poda, que, infelizmente para ele, se projetavam
de seu torso. O sangue vermelho vivo cobriu a parte da frente
de seu moletom de malha.

— Uh-oh, — disse Abigail. — Lá vamos nós de novo.

**FIM**

Caro leitor,

Esperamos que você tenha gostado de ler *A Agência de Detetives Mortais*. Reserve um momento para deixar uma crítica, mesmo que curta. A sua opinião é importante para nós.

Atenciosamente,

Ann Parker e Next Chapter Team

# Sobre a Autora

Ann Parker nasceu em Hertfordshire, Inglaterra, e ainda vive lá, em uma casa assombrada com seu marido, Terry, e seu gato preto e branco, Jazz.

Ela é autora de *Um mistério agradável de Abigail Summers* e do livro de contos intitulado *Magic & Memories*. Ann teve poemas publicados no *Spillwords* e na antologia best-seller *Hidden in Childhood*, bem como em várias revistas.

Quando não está escrevendo, ela adora passar o tempo com a família ou ler um bom romance policial.

Made in the USA
Middletown, DE
16 December 2024

67263372R00142